「今までに感じたことがなかったのか？」
頷けば、バートンは低く笑った。彼の両手が、調の両足を
大きく広げる。
（本文より）

カバー絵・口絵・本文イラスト■明神《みょうじん》 翼《つばさ》

BBN
B•BOY NOVELS

英国蜜愛

あすま理彩

この物語はフィクションであり、実在の人物・団体・事件等とは、いっさい関係ありません。

CONTENTS

英国蜜愛

◇◇◇現代　Lesson1：rehearsal

女王陛下の街、ロンドン――。

舞台稽古《げいこ》が終わった後、俳優たちは舞台監督であるバートンを見送る。舞台監督としても演出家としても成功しているアーサー・バートンの恋人は綺麗《きれい》だと評判だ。だが、バートンは誰にも見せようとしない。

「舞台初日には、恋人は見にいらっしゃるんですか？　ってさりげなく訊《たず》ねてみたんだけど、答えてくれないんだ」

「本当に大切にしてるんだな。あれだけの人にそれだけ惚《ほ》れ込まれるなんて、よほど素敵な人なんだろう」

俳優たちが口々にバートンの評判の恋人を噂する。

バートンは英国を代表する演出家兼舞台監督だ。今までに数々の舞台を成功させている。特に他の演出家たちと違うのは、俳優たちからの信頼がとても厚いことだ。ともすれば結果や収益にばかり目が行きがちな人物が多い中、何より人が大切だという信念が、バートンにはあった。若い俳優を育て、また、経済的に苦しい役者や、演劇学校への支援も行っている。私利私欲ではない、将来を見据えた奉仕精神を持つ、それは誰にでもできることではない。そしてその尊い精神は、俳優の尊敬を勝ち得る。結果としていい舞台に繋《つな》がり、観客にも感動となって伝わっていく。

「でもバートンさんはその昔、大失恋をしたらしいよ。本当に好きだった人と、無理やり別れさせられたらしい。何でも、恋人のお兄さんって人に、無理やり引き裂かれたんだとか」

――恋人の兄に、無理やり引き裂かれた恋。

「へえ、あれだけの人を？」

俳優たちが驚くのも無理はない。バートンは監督や演出家としての実力や人柄だけではなく、その格好の良さでも評判が高いからだ。背はすらりと高く頼もしく、肩幅は広く、スーツ姿が抜《ばっ》群《ぐん》に似合うスタイルの良さだ。青味がかった黒髪に、どことなく影がある切れ長のダークアイ、男らしい顎《あご》のラインにすっと通った鼻筋、どこをとっても文句のつけどころがない。

いい男、というのはこういう男のことを称するのだろう。

「それじゃ、今の恋人はそういう失恋の傷が癒えた後に、できた恋人なんだ」

「よかったな。今度こそ本当の恋人を捕まえたんだ。幸せになれればいいね」

◇◇◇一〇年前――

「また見に来てる。さっき関係者口から抜け出して、チケット売り場の前の列を見に行ったんだよ。そうしたら、例の子が並んでた」

劇団員たちが、噂している。

「例の子？」

興味津々《しんしん》といった様子で一人が訊ねれば、別の俳優が身を乗り出して答える。

「それが結構綺麗な子なんだよ。その子を見るだけでも、一見の価値があると思うね。一体誰が目当てなのか」

「単に舞台が好きなんじゃないのか？」

「そうかもしれないが、俺は誰かが目当てなんだろうと思うね」

勝ち誇ったように俳優が予測する。

「どういう子なんだ？」

「それがまだ、学生なんだよ。あまり裕福ではないんだろうな。公演直前に売るキャンセルチケットがあるだろう？　寒い中並んで、安い席が出たときだけ、買って見に来てるらしい」

「今日は席が取れたかな？」

「それが今日はキャンセルは少なかったらしい。多分駄目だろうな」

気の毒そうに言いながらも、それ以上、彼らはその子のために何かしようとはしない。

「様子見に行ってみようかな」

会話の輪から一人が離れたところで、彼をある人物が呼びとめる。

「君」

「あ、は、はい」

呼び止めた人物を見て、さっと俳優の顔に緊張が走る。

アーサー・バートン、この舞台の演出と監督を務《つと》める。海外の人気のあるオペラも上演される、大規模の劇場の監督を務めるには、三〇前という異例の若さだ。それ故に、重鎮《じゅうちん》と呼ばれる監督や演出家たちには、あまりいい印象を持たれてはいない。

そして俳優たちの間にも、彼の厳しさと恐ろしさが、浸透している。有名であるがゆえに、恐ろしさはより面白おかしく脚色されて、会ったことのない人間にも恐れられる始末だ。

瞳は冷たい三白眼で、口元は厳しく引き締められ、滅多《めった》に笑みを形作ることはない。着崩したジャケットはワイルドで、影があるせいで彫りの深い顔立ちは、一層圧迫感がある。

しかも、本人が俳優をしたほうがいいのではと言われるほどの容貌だ。

背も高く肩幅も広く、腕にはしっかりとした筋肉がついており、周囲に緊張を漲《みなぎ》らせるような、迫力があった。

本気で俳優たちを叱りつけることもある。それ故、バートンの舞台は完成度は高いが、俳優たちは緊張を強いられる。

きつく、迫力がある恐ろしい男。それがバートンだ。

呼び止められたその俳優も、バートンを恐れているようで、何か失礼があったかと緊張した面持ちを見せた。

「外にいるというその子に、これを渡してやってくれ」

大きな手と骨太の指、それが紙片を胸元から取り出す。袖口からは太いベルトの時計が覗《のぞ》く。

周囲を恐れさせる、厳《いか》めしいとも言える顔立ちは、苛立ちを常に浮かべているようにも見える。

むっと怒りを抑えつけたかのように見える表情は、俳優を震え上がらせる。

「あ、はい」

用件だけを伝えると、バートンはさっさと立ち去っていく。

俳優は手の中に渡されたものを確かめる。そして心から驚いた表情を見せた。

バートンが俳優に手渡したのは、この舞台の一番いい席のチケットだった。


いつも見に来るという子に、バートン自身はまったく興味はなかった。

親切心をひけらかすようなつもりもない。評価や感謝をされるために、行動は起こすものでもない。

ただ、やはり、彼に同情した。少ない小遣いをやりくりし、自分の舞台を見に来てくれるという彼に、バートンがしてやれるのは、チケットを渡すことくらいだ。

そして、口ではあれこれ言うくせに、実際に何もしない俳優たちが、腹立たしかったのかもしれない。

彼は、昔バートンが舞台を目指した頃の気持ちを、久々に思い出させた。現場を知った今は、ひたむきな純粋さを持ち続けることは困難だ。

正価でチケットを買えない子のために、チケットを渡してやるような甘さが、バートンにあることに、俳優は今頃驚いているだろう。意外だとでも、触れ回るかもしれない。そしてそれは次にバートンの耳に入るときには、チケットの代わりにその子を無理やり奪ったとでも、脚色されているに違いない。綺麗な子らしかったから。

(まあいい)

舞台の世界も、現実世界も、伝えたいことが意図どおりにまっすぐ伝えられることは稀《まれ》だ。誤解と噂にまみれ、スキャンダルで潰れ、また伸《の》し上がるのをよしとする世界だ。

その中で、バートンは成功者と言えるだろう。だが、本当にそうだろうか?

成功すれば、幸せになれるのだろうか?

心から本人が幸せだと思えなければ外面は成功者に見えても、幸せではないのだろう。

今、バートンの心を支配するのは、目標を失った虚《むな》しさだけだった。既《すで》にバートンは舞台監督としても演出家としても、羨《うらや》ましがられるほどの名声を得ている。一見華やかに見える舞台の世界、けれど、中に渦巻くのは陰謀と中傷と、利権の食い合いだ。

バートン自身も、今回の規模の舞台を任されたことで、別の老齢の監督や演出家に目をつけられているとも聞く。上に上りつめれば更に、その地位から引きずり降ろそうと、周囲から虎視《こし》眈々《たんたん》と狙われる。

舞台を作り上げるという仕事は、政治能力も重要視される。スポンサーや他の俳優たちに対して、政治力がある監督が、与える影響は軽視できない。そういう人物に疎《うと》まれたら最後、バートンですらこの業界で生きていくのは難しい。それが、舞台の裏側だ。その中で、一匹狼を貫くバートンは、生きにくいと言えるのかもしれない。何かあったとき、助けてくれる人はいないからだ。その分、実力だけで勝負してきた。

――私は、自分のことを才能がないと言う人間を、評価しないんでね。

以前、バートンが指揮をとった舞台で大きな賞を取ったとき、授賞式のパーティーで老齢の演出家がそう吐き捨てた。

授賞式のインタビューで、才能があったわけではなく努力が認められたのだと思う、と発言したバートンを、揶揄《やゆ》して言ったのだとは容易に想像がつく。その夜届いた花束を、バートンはすべて捨てた。心から祝って贈られたものなど、一つもないからだ。

舞台の成功は、どれだけ頑張っても結局は周囲の協力が得られるか否かが重要な鍵となる。そして、権力者に気に入られるか否かだ。

周囲から見てもそれほど人気があるとは思えないのに、なぜか主役を勝ち取る女優、プロモーションなどに宣伝費をかけてもらえる俳優、そうやって主役を勝ち取る人物の陰には必ず、権力者の存在がある。権力者は気まぐれなものだ。実力だけで女優を引き立ててやるのではない。その俳優や女優の裏の利権、彼らが自分にとってどんな利益をもたらすか、そういった自分の欲だけで、彼らの命運を左右する。

この世界にいる限り、一生その泥にまみれるのを、覚悟しなければならない。

仕事を取るか取られるか。儲《もう》けられなくなれば使い捨てられるか。

だがそれはどの世界も同じなのだろう。生産性、利益率、人件費などの数字ばかり追い求め、俳優や舞台で働く人々、その家族を泣かせた上に、収益が上がったと誇る経営者が横行する。

食うために人は必死なのだろう。だがそのせいで、大切なものを見失ってはいないだろうか。

その昔、その犠牲となった女優を、バートンはよく知っている。

（……）

ある出来事を思い出し、バートンは馬鹿にしたように鼻を鳴らした。

翻弄されるだけで最後まで利用されるだけだった女……。

バートンは突出した運も才能も、権力者にもたらせるだけの利権もなく、味方もいない。周囲の協力も得られない人間は、ひたすら努力するしかない。それがどれほどつらくともだ。仕事だけの人生を送っていれば、それなりの結果はついてくる。食事、休憩、睡眠、人との歓談、家族と過ごす時間、バートンはそれらを殆《ほとん》ど取らず、すべての力を仕事に向けただけだ。

バートンを突き動かしたのは、仕事を好きだという気持ちではない。

バートンには既に、家族と呼べる人はいない。独りだ。仕事で成功しても、喜んでくれる存在はいない。つらいとき励ましてくれる存在も、慰めてくれる存在もない。甘えられる存在がないからこそ、独りで生きていくために、仕事をするしかなかった。

そして、仕事を頑張るほどに、今度は成功者として疎まれ妬まれる。独りで食うために必死だっただけで。

どういう生き方をすれば、人は幸せになれるのだろう。

響《ひびき》はそれらに、負けなかった。

——響。

その名の彼がまだ、バートンの胸に深い棘《とげ》となり深く突き刺さっている。

心から愛したい存在だと知ったのは、彼を既に、失った後だった――。

愛した彼は、他の男の腕の中にいる。

今、響は俳優として認められ、数々の舞台の主演を務めている。響の実力は、高く評価されている。

バートンが実現させたい舞台に、絶対に必要不可欠な俳優だった。そして、監督や演出家という立場を超えて、彼を自分のものにしたいと、バートンは心から願った。

――俺のものになれ。

以前、バートンは彼に、最悪の取引を持ちかけたことがある。自分と寝さえすれば、思いどおりの役をやると。どうしても首を縦に振らない彼に焦《じ》れ、自分のものにならなければ、この世界で生き延びることは難しいと脅迫した。

けれど、彼はバートンのものにはならなかった。権力者に迎合《げいごう》することはせず、己の実力だけで、勝負することを選んだ。

今、彼が確固たる地位を築き上げているのは、彼の実力からだ。

たまに、プロデューサーが彼を使いたいとオファーするが、バートンの舞台にだけは絶対に首を縦に振らない。

永遠にバートンの手から飛び去っていった。

失ってから、彼に惚れていたのだと気づいた。

脅迫するほどの執着は、嫉妬《しっと》と独占欲故だったのだと。

バートンは権力を手に入れたかもしれない。けれど心の充足は得られない。

例の子にチケットを渡してから、数日が過ぎた。皆を指揮する立場でありながら、舞台から高《こう》揚《よう》感を得られない。何もかも虚しく、ただ月日が経ち、心の傷が癒えるのを待つだけのために日々を過ごす。憂鬱《ゆううつ》から逃れられず、未来に夢も抱けない。感動はなく、ただつまらないだけの毎日。それがバートンを取り巻く現実だった。


ある日、バートンが仕事を終え、関係者口から外に出る。

ドアを開けたとき、バートンは久々に驚きを覚えた。

(これか?)

一目で彼だと分かった。

多分これが、例の俳優たちが噂していた子なのだろう。

風花が舞い、花びらの中に彼は佇《たたず》んでいた。まっすぐな栗色の髪がなびき、赤い口唇との対比が際立っていた。透明感のある存在は、周囲の空気すら美しく変えるようだ。

コートが風に吹かれ、開いた前からは制服が覗いた。まだ学生らしい。表情に多少のあどけなさが残る。黒目がちの瞳に大人びた艶麗《えんれい》さが見え隠れする。すらりとした身長は一七〇を超えている。成長が楽しみだと思わせる、綺麗な容姿をしていた。

憂いを含んだようなしっとりとした美人だ。

日本人だろうか。その思いは、バートンの胸を疼《うず》かせた。

目の前の存在は確かに素晴らしく際立つ存在だったかもしれない。だがそれだけだ。バートンの心を揺り動かすようなものではない。

バートンはすぐに興味をなくすと、さっさとその場を立ち去ろうとする。すると、彼はバートンを引き止めたのだ。

「あの……」

迷惑そうにバートンは振り返る。すると、彼の頬が紅潮しているのが見えた。緊張しているのか、口唇が小さく震えていた。

「いきなり、呼び止めて申し訳ありません。その」

勇気を振り絞って声を掛けたのかもしれない。だが、そんな輩《やから》はいくらでもいる。バートンに引き立ててもらおうと、寝ようとする女優さえも。

「バートンさん、チケット、ありがとうございました」

「別に構わない」

特に言葉を掛けてやるつもりもない。邪険と言っていい態度だったかもしれない。それでも必死に声を掛けてくる彼の様子は、愛らしかった。だが、今のバートンには、自分の気まぐれのせいでわざわざ声を掛けられるなど、面倒臭いだけだった。

何もかもがつまらない。この世の出来事の、何事にも、面白さを感じられない。

「早くお礼を言おうと思ってたんですけれど、遅くなってしまって」

「ずっと来ていたのか?」

「その、勝手に来ていたことですから。今日もこんなふうに引き止めてしまって、すみません」

ずい分と遠慮がちで、奥ゆかしい。相手に気を遣わせまいという雰囲気が伝わってくる。相手の立場をまず、彼は気遣う。

チケットを渡したせいで、もしかしたら礼を言うためだけに、バートンに会えるまで何度も来て、ずっと待っていたのかもしれない。

勇気を振り絞ってここで、待っていたのかもしれない。

まだ夜になればかなり冷える。しかも学生ならばそう頻繁《ひんぱん》に、帰宅が遅くなるわけにもいかないだろう。

「お礼だけ、言いたかったんです。ありがとうございました」

ぺこりと頭を下げると、それで十分だというように、彼が背を向けようとする。忙しいバートンを、突然声を掛けて引き止めるのも悪いと、思っているのだろう。

「君、よく来るんだって？」

さすがに、迷惑そうな態度を取ってばかりでは気が引けた。

「え？　は、はい」

一度は背を向けかけた彼が、今一度バートンを振り向く。

「誰か、憧《あこが》れている俳優でもいるのか？　それとも、君自身が俳優になりたいとか」

至極《しごく》当然の質問だった。スカウトを待つ女優志望なんて、星の数ほどいる。

それは、…バートンの胸に傷を残す、あの女も同じだ。

「舞台だけが目当てじゃないんだろう？」

これは意地悪な問いだったかもしれない。だがなぜか、純粋で素直そうな彼に、舞台の中に誰か、憧れている俳優がいると思えば、軽い苛立ちを覚えたのだ。

そんな気持ちは久しぶりだった。

その人物に会うために、こうして彼が劇場に何度も足を運んでいると思うと。

真っ白な雪のような美しさに、惑《まど》わされそうになったのかもしれない。

バートンがもう失った感情だというのに、彼には舞台そのものに純粋に、憧れていて欲しいと思ったのかもしれない。

「そうかもしれません。でも、舞台もとても素晴らしいと思います」

彼は否定はしなかった。バートンに気を遣って付け加える。

「会わせて欲しいのか？」

再び、バートンの胸に暗い影が落ちる。

やはり、そうなのだ。バートン自身を選び、バートン自身を欲しい人間など、この世には存在しない。バートン自身が欲しいのか、その裏の利権が欲しいのか、そこを勘違いしてはいけない。

バートン自身を欲しがられたことなど一度もない。それをバートンはよく知っている。

名声を手に入れるほど、バートンの許には、バートン自身が目的ではなく、そのもたらす利益を求める輩が寄ってくる。彼らはその非礼に、気づいてはいない。

バートンの利権しか、彼らは見ていない。だから逆に、バートンも彼らを利用してやろうと思った。暗い復讐、その気持ちがいつも、バートンの中には横たわっている。

「いえ、僕はずっとお礼を言いたかったんです。——あなたに」

——あなたに。

「お礼？」

「一年前、ある舞台を見に行ったとき、貧血を起こして倒れたことがあるんです。そのとき、助けていただいたんです」

バートンはしげしげと、少年を見つめた。

言われてみれば、そんなことがあった気がする。

もう忘れかけていた。言われなければ、思い出さなかったかもしれない。

階段の下で急に倒れた少年がいたことを思い出す。響の舞台を、本人に告げず見に行った帰りだ。

しゃがみ込んだ彼の横を、周囲の人間は素通りした。声すら掛けようとせずに。

小さな彼の姿は、座り込んでしまえば、その存在すら忘れ去られてしまうかのように心もとない。

華やかに外見ばかり着飾った観客たちは、足元の彼に邪魔だと言いたげな視線を向けた。

誰も助けようとはしなかった。

バートンは何も言わずに彼を抱き上げると、劇場係に命じ、休める部屋に彼を連れて行った。

(あの少年か)

それきり、バートンは彼を忘れた。

ただあの頃は、彼はもっと、幼さを残した少年だったはずだ。

今はあれから、月日を重ねたせいだろうか、以前よりは大人びたように見える。

「…名前は？」

「音澄《おとすみ》調《しらべ》です」

バートンの胸に、衝撃が走った。

バートンが訊ねれば、彼は嬉しそうに破顔する。初めて、興味を持ってもらえたと思ったのだろう。その名前を聞いた瞬間、バートンの胸に浮かんだ冷たい感情に、気づいてはいないようだ。

「もしかして、兄弟がいるのか？」

はやる気持ちを抑え、バートンは訊ねる。

「ええ。兄は響と言います」

やはり、そうなのだ。

彼は、響の弟だ。

「ご存知ですか？」

その問いに、バートンは答えなかった。どことなく、響に面ざしが似ているかもしれない。

まさか、響に繋がる存在のほうから、バートンに近づいてくるなんて。

馬鹿な奴だ。

ある冷たい感情が浮かぶ。それは今までに感じたことのない、暗い影だったかもしれない。

言われてみれば、似ている。面ざしが彼の兄に。だが、雰囲気が違うから、その可能性に思いいたらなかったのだ。あえて、封印していたのかもしれない。響が冷たく、そして熱い攻撃的な氷のような印象を与えるとすれば、目の前の彼は、夜にいつの間にか、音もなくひっそりと降り積もる雪のようだ。本人の意思とは別に、華があっていやでも目立つ響と、目立たないように振舞う調。なぜ兄弟でこうも違う性質になったのか。

「舞台が好きなら、今度は招待しよう。またおいで」

驚くくらい優しく、そして、冷たい声が出た。

「ありがとうございます！」

彼は心から嬉しそうだった。

退屈で、ただ一日が終わるのを待つだけの日々。

そんなバートンに初めて、興味の湧く対象ができた。だがそれは、調自身に対する、興味ではない。

彼から繋がる兄という存在への……。

バートンの胸に暗い影が広がる。向けられる信頼が強まるほどに、心が凍り付くように冷えていく。

ある残酷な企《たくら》みに自分の心が支配されゆくのを、バートンは否《いな》めなかった。

◇◇◇

「そうか、寮にね」

「はい。割と規則が厳しくて」

それ以来、調は何度か、バートンに会っていた。

今も、舞台稽古の合間の休憩時間に、バートンは調に会う時間を作ってくれている。

調は学校の授業が終わると、制服の上にコートを羽織《はお》ったままの姿で、彼に会いに来た。着替えていては、間に合わない。

「忙しいんじゃないですか?」

バートンを気遣って告げれば、彼は特に気にした様子もない。

「忙しくても、食事が取れないほどじゃない。スタッフ会議も思ったより早く終わった。台本の直しに時間が取られているせいで、多少の余裕はある。それに、俺が食事に行かなければ、俳優たちも食事に行くのを遠慮する。舞台の仕事なんてのは体力勝負だ。食事すら満足に取れないようでは、いい舞台はできない」

さらりとバートンは言った。

いい仕事をするための自己の健康管理、そしてそれだけではなく、周囲の人間のことを、バートンは考えている。

「ここで食事をしよう」

バートンは何気なく店を選び、入ろうとする。

目の前には立派な店構えのレストランがある。ドアマンが客を待ち受けるように待っていた。

他の客は目の前まで大きな車で乗りつけている。女性は大きな宝石と、毛皮を身につけているような人ばかりだ。劇場街に位置するせいか、これから優雅に観劇に向かう紳士や淑女たちが集《つど》う。

彼にとってはなんでもないことなのだろう。

きっと彼を日常的に取り巻くのは、そういう世界だ。

けれど調にとっては、違う。

華美さなど一切ない平凡な制服、古ぼけたコートやマフラー、自分が身につけるのは、そういったものだ。けれど、私服のほうがもっと洗いざらしで、とても彼の隣に立てるような服はない。

調は入口で足を止めた。

「どうした？」

バートンが振り返る。調は思い切って、彼に告げる。

「あの、あそこのお店じゃ、駄目ですか?」

調が指《さ》したのは、大通りに面した別の店で、バートンが選んだ店よりずっと、カジュアルな雰囲気の店だ。

「構わないが……」

不審そうな顔つきをしながら、バートンは調に合わせてくれる。

彼ほどの人を、不似合いな安っぽい店に付き合わせてしまうことをすまなく思う。

「大変申し訳ありませんが、満席でございます」

けれど、店に入ろうとした別の客が、満席で断られているのを見る。

「どうやら駄目なようだ。こっちでいいんじゃないか?」

「…そうですね」

満席では仕方がない。調にはもともとバートンが提案した店に、ついていくしか選択肢はない。

「いらっしゃいませ」

案内係がバートンの身なりを見て、そして、調を見て眉を寄せた。

調は身体を縮こまらせる。けれど、上等な席に案内してくれた。予約なしで入れたのは、バートンのお陰だろう。

店内は重厚《じゅうこう》で歴史ある内装にまとめられていた。調が入ったことがないような店だ。

店構えも気後れしてしまったが、中はもっと絢爛《けんらん》で華やかだった。年代を感じさせる内装品はどれも、目を奪われるほどに豪華だ。壁画も壮麗《そうれい》で、貴族が集まる社交場のようだ。

席に着くと、バートンは調の好みを聞いて、飲み物を注文した。

その後、食事をオーダーしようとして、バートンは訊ねる。

「食べられないものは？　好きなものを言ってくれ」

「いえ。その、…よく分からないので」

調は恥ずかしそうにうつむく。すると、隣の席の女性が、肩を竦《すく》めた。彼女はロングドレスを着ている。連れの男性はタキシードだ。

「ご注文は？」

「これから仕事に戻るから、俺はそれほど重くないものがいいな。彼にはこの辺りを。そして、そうだな、このパイも」

付け加えるようにバートンがパイを注文する。

パイが好物なのだろうか。調はメニューを指さすバートンを見つめる。

「かしこまりました」

注文を受けると、ウェイターは席を離れていく。

ほどなく皿がやってきた。

「ルッコラとスモークサーモンのサラダでございます」

皿を出しながら、ウェイターがメニューを説明する。

仕事に戻らなければならないバートンには、悠長《ゆうちょう》にコースを楽しむ時間はない。前菜からメインまで、それほど間を置かずに料理が運ばれてくる。

そのどれもが見たことがないほどに美味《おい》しそうで調は目を丸くする。

「鱈《たら》のフィッシュケーキでございます」

イギリスの伝統料理のフィッシュケーキは、塩味が利いて食欲をそそる。次に運ばれてきたラムのグリルはジューシーで、口に入れれば舌がとろけそうだった。ハーブの利いたソースが絡み合って、とても香ばしい。

皿は調の許にばかり運ばれてくる。バートンの前にはそれほど並ばない。

「あの、バートンさんは」

「冷めたらまずくなる。シェフに悪いだろう?」

「は、はい」

遠慮がちに料理を口に運んでいると、バートンに注意されてしまう。

飾りつけられた料理は見た目にも美しく、とても美味しかった。だが、何風、とウェイターに説明されても、調にはよく分からない。

せっかくの料理を前にしても、食材に関する知識もなく、彼と対等な会話などとてもできない。何を話していいか分からなくて、調はあまり話すこともできずに、後から運ばれてきたパイにナイフを入れる。

「あの」

「何だ？」

「このパイ、お好きなんですか？」

バートンが付け加えるように注文したのは、キドニーパイだ。このくらいならば、調でも分かる。イギリスの名物料理で、牛や羊の腎臓や肉、マッシュルームなどを中に入れて包んだパイだ。オーブンから出てきたばかりのようで、熱々の中からはたっぷりの湯気が立ち上る。

こんな高級店にしては、庶民的なメニューだったかもしれない。だがもちろん、付け合わせの野菜にも趣向《しゅこう》は凝《こ》らされており、この店で見ればじゅうぶん高級な料理に見える。

「いや」

あっさりと否定されてしまう。それきり会話が途切れ、調は黙々と料理を口に運んだ。

実際はあまり、内臓を材料に使ったものは、調は得意ではない。

だが、バートンは、調がきちんと食べるのを、見張っているようだ。

仕方なく、調は他の皿にも手をつけた。

皿に目を落としながら、たまにちらりと上目遣いで、調はバートンの様子を窺《うかが》う。

ワイルドな雰囲気のバートンは、正装している他の客に、服装では劣るかもしれない。だが、実際は見劣りするどころか、周囲を圧倒するほどの一流の雰囲気がある。

それは抜群に整った顔立ちと、格好良さと、彼の立ち居振る舞いのせいだ。品のある所作《しょさ》や雰囲気をまとうのは、一朝一夕《いっちょういっせき》にできることではない。

他の客も、彼に見惚れているようだ。

調は初めて入った、格式高い店に、緊張してしまう。

ふと、調の背後の席から、小さな声での会話が聞こえてきた。

「場違いなんじゃない？」

「どういう子なんだろうな」

「どちらにせよ、いい育ちの子じゃないわね。見た？　あの横に置かれた古いマフラー。これからプレゼントやお小遣いでももらうんじゃないの？」

「連れてくる男も男だ。相手を選べばいいのに、自分の格を下げるだけだ」

バートンには多分、聞こえていないと思う。

調は身体を縮こまらせる。

彼らが話題にしているのが誰のことなのか、調にはよく分かっている。

年齢の離れた仕事のできる男性、その前に座るさえない自分。

そういう嫌疑《けんぎ》をかけられるとは最初は思わなかったけれど、バートンと一緒に何度か歩くうち、愛人という疑惑を調は受けるのだということを知った。

毎回、バートンに連れ出されるたびに、調はこういう思いを味わっていた。彼には言えなかったけれど。

だから、今の調の年齢には分相応の、カジュアルな雰囲気の店のほうを、選ぼうとしたのだ。調が侮辱《ぶじょく》されるだけならともかく、バートンが侮辱されるのはつらい。

「調、出よう」

ふいに、バートンが言った。

「え?　あの、何で」

バートンは有無を言わせず、調を連れ出す。

いきなりのことで、調はわけが分からない。

食事は途中になってしまったが、調はほっとする。

バートンは調をエスコートするように肩を抱き寄せる。そしてそのまま、調を店から連れ出した。

調はバートンと会えることが、単純に嬉しかった。彼に呼び出され、会えるとなると胸がときめく。

舞台では道具の準備と並行して、俳優たちが演技を実際に始めている。

その姿を、本番さながらに照明が照らす。

稽古の邪魔をしないよう、離れた場所で、調はその光景を眺《なが》めていた。

「そうだ。その照明の色じゃ、打ち合わせと違う。うまく色が出ない。もう一度、やり直せ！」

「は、はい！」

バートンの指示に、スタッフたちは濃い緊張を浮かべる。俳優の一人が不用意に迫《せり》に近づこうとすると、すぐにバートンが大きな声で叱責する。

「迫があるのは分かってるだろう！　なぜ覚えておかない!?」

「も、申し訳ありません！」

叱りつけられ、俳優は真っ青になっている。

大きな声で叱り飛ばすバートンは、迫力だった。あまりの恐ろしさに、直立不動になって聞く俳優もいる始末だ。低く通るいい声をしているから、一層大きく迫力があるように、聞こえてしまうのかもしれない。

調の目の前に、憧れていたバートンの仕事場がある。作品を作り出す、現場だ。そこに、仕事に向かうバートンの姿がある。

「大丈夫？　驚いたんじゃないの？」

「いえ…。それより、お仕事の場所なのに、ご迷惑ではないんですか？」

声を掛けてくれた音楽監督のリチャードに、調は遠慮がちに訊ねる。彼は優しげな風貌をした人物で、抜群に格好良かった。だからこそ、恐ろしげなバートンが一層、浮き彫りにされる。

「いいんだよ。僕たちが勝手に、君を連れてきたようなものだから」

食事を終え、仕事に戻るバートンと別れ、調は寮に帰るつもりだった。だが、一緒にいるところをリチャードに見つかり、彼にバートンには内緒で仕事場に連れてこられたのだ。

調のことを、舞台が好きでよく見に来る人物だと、聞いていたらしい。

親切心から声を掛けてくれたと思うから、あまり強くも断れない。

それに、バートンの関係者だ。彼の不興を買えば、バートンに迷惑がかからないとも限らない。

けれど、大切な仕事場に来ることは、調にはためらわれた。部外者が勝手に入り込むことで、舞台の俳優たちの集中力を、削《そ》ぐようなことになってはと思うからだ。

隅のほうで誰にも知られないように、調は立っていた。

「ま、あの人は舞台じゃなくてもおっかないけどね」

リチャードが苦笑する。仕事に向かうバートンの姿は厳しく、さすがに調も圧倒されそうになる。

けれど、舞台の外で調に会うときの彼を、恐ろしいとは調は思わなかった。

ぶっきらぼうで、あまり口数が多いほうではなかったけれど。

「あの、そろそろ帰ります」

バートンは、調が勝手に来たことを知らない。

彼に知られる前に、調は帰ろうとする。

だが、その前に、バートンの双眸《そうぼう》が、調をとらえた。そして、驚いたように目を見開く。

ツカツカと近づくと、バートンが調の目の前に立つ。

「何で来た?」

怒りを、抑えつけているようだ。それは調と、リチャードにも向けられる。

「すみませ……」

「俺が勝手に連れてきた。舞台に興味があるみたいだったから」

リチャードが助け船を出そうとする。

「帰るんだ。リチャード、出口に連れて行け」

やはり、バートンには迷惑なのだ。分かっていたのに、きちんと断らなかったことを、調は後悔する。

しゅんと肩を落としたまま、調は出口に向かう。そのとき、前から大道具を抱えた男性がやってくる。

「あ…！」

すれ違いざま、調のマフラーの端が、道具の板の間に挟まれてしまう。道具係は気づかなかったようだ。

「何をやってる！」

バートンが道具係を叱りつけた。バートンが力ずくで調のマフラーを引き抜く。

「申し訳ありません」

道具係は真っ青になっている。平身低頭《へいしんていとう》の彼の姿を見て、彼にすまなく思う。

「あの、本当にお邪魔して、申し訳ありません」

調は慌てて頭を下げた。道具係の仕事を邪魔したのは、自分のほうだ。バートンが燃えるような瞳で、調を見下ろしている。

ささくれだった板に挟まれて、古びたマフラーはひとたまりもない。引き裂かれ、破れてしまっていた。

「いいか？　ここには来るな」

それきり、バートンは調に背を向けたまま、振り返らなかった。取り上げたマフラーを、隅に置かれていたごみ箱に、バートンが投げ捨てる。

その様子を見て、リチャードは肩を竦めた。

◇◇◇

「そうだ。音響、そこの音がこもる。確認しろ」

客席からバートンが指示を飛ばす。

「はい、分かりました！」

「そこの場面転換、あと五秒ほど縮められるか？」

「やってみます」

台本が上がり、直した部分の本読みが終了する。そして、舞台を使っての立ち稽古に入った。

公演の準備が一気に押し寄せる。監督は役者を動かすだけの役割と思われがちだが、その仕事は多岐《たき》に渉る。舞台の分野や性質によって、求められる役割は異なるが、今回の舞台では、バートンは監督も演出も行っている。

そのせいで、多くの確認作業を現場のスタッフはバートンに求めた。

「先ほどの火ですが、少し大きすぎるような気がするんですが」

「確かに危険だな。火力を弱めるよう、調整できるか？」

「はい」

作業の進行確認、衣装から大道具、それらを統括する制作スタッフとの細かい確認作業が必要となる。もちろん、俳優の演技や上演中の時間配分、さらには音響効果や照明効果も、計算しなければならない。

万全の態勢で臨《のぞ》んでも、予測不能なことが起こるのが、舞台の怖さだ。

舞台は生ものだ。突発的なトラブルも起こる。舞台公演中はあらゆる場合を想定し、また、突然の事故が起こったときや不測の事態を予想し、どのようなトラブルであっても対処できるだけの能力が必要になる。

すべての責任を取る立場、そこにいるのがバートンだ。

バートンは舞台を見つめる。リハーサル中の俳優たちの演技にも熱が入る。

「照明はもう少し、後から当てましょうか？」

そう係が訊ね、バートンが舞台から目を離したときだった。わ…っという悲鳴が、舞台から上がる。俳優が舞台の上で尻もちをついている。共演者たちが慌てたように彼に駆け寄っていた。

「監督、トラブルが！　主演が怪我をしました」

「すぐ行く」

急病人、照明の故障、音響の故障、それらは時と場合を選ばない。冷静な判断と対処、そして責任をバートンは求められる。

「大丈夫か⁉」

バートンが舞台に上がると、俳優はすぐに立ち上がる。

「はい。大したことはないんですが、周囲の方が慌ててしまって。立ち位置を間違えて、大道具に足をぶつけただけです」

「骨は？　医者に行ってこい」

俳優の足は赤く腫《は》れていた。すぐ近くに病院があることは、確かめている。

「大丈夫です。それより」

「行くんだ！」

バートンが怒鳴りつければ、俳優はその迫力に顔色をなくした。そのせいできっと、周りはバートンを一層、恐れるようになるのだろう。

「いい。診《み》てもらってこい。その間の稽古のスケジュールは調整できる」

「ですが」

俳優は心配そうだった。せっかく摑《つか》んだ役を、代役に替えられてしまうことを心配しているらしい。

「歩けるんだろう?」

「ええ」

俳優は軽く歩いてみせる。

「だったら、明日の稽古からは、出てこられるな? 今のうちに処置してもらって来い」

「はい!」

俳優はバートンの言葉に、降ろされるのではないと胸を撫《な》で下ろしたのだろう。元気のいい返事をすると、周囲の共演者たちに深く頭を下げ、舞台から下りていく。

周囲もほっとしたように息を吐く。多分、同様のことを感じたのだろう。

バートンは、俳優を容易にすげ替えたりはせず、彼らの体調を、一番に考えてくれるのだと。

「タイムスケジュールの変更だ。第三幕の始めから一五分後に。準備できるか?」

「はい。できます」

他の俳優たちも変更を余儀《よぎ》なくされる。だが、開演まで練習できる日数も限られている。本番まであとわずかという中、練習時間が少なくなるのはかなりのロスだ。

だが、今無理をして、本番に舞台に立てなくなるのは、俳優自身だ。

監督は舞台の成功を優先させることを考えがちだが、バートンはきちんと俳優の気持ちも汲《く》む、そのぎりぎりのラインを、バートンは判断できる。むしろ、舞台の中にいる役者たちを大切にしていると言っていいかもしれない。だがそのことはあまり、周囲には気づかれてはいない。

奇異と畏怖《いふ》の両方の感情が、バートンに注がれる。

バートンは舞台を成功させるためにはシビアで、自己都合を優先させるような監督という風評が、流れているからだ。

けれどバートンにとってそれは、どうでもいいことだった。事実、厳しいのは本当だ。けれど、バートン自身は先入観や、自分が見たこともないことで、人を判断したりはしない。

「病院から連絡しろよ」

酷い怪我の場合、バートン自身が俳優についていく場合もある。その日は俳優に他の人間を付き添わせて病院に行かせ、夜、舞台稽古が終わる頃、バートン自身も病院に寄った。


俳優と医師からは、問題なしとの報告があった。

その帰り……。

運命の悪戯《いたずら》というものはあるものだ。

「大丈夫なのか?」

「ああ。これ位、大したことない。周りが大げさなんだ。小道具の薔薇《ばら》と、割れた花瓶で怪我をしただけで」

聞き覚えのある声が通りかかる。手の甲に包帯を巻いた響と――。

「薔薇がお前に血を流させるなんて、聞き捨てならないな。お前の身体を傷つけてもいいのは、俺だけなのに」

その横にいる男は、包帯の上から、手の甲に恭《うやうや》しくキスをした。

響は暫《しばら》く男の言った言葉に逡巡した素振りを見せ、そして頬を赤らめた。

「やめろよ。…馬鹿」

響が甘い声を出す。

「家に送ってやれなくて悪いな」

「いい。仕事があるんだろう?」

「後からすぐに行く。先にベッドを温めてろ」

「ふん、言ってろ」

響が隣の男をいなす。どこからどう見ても、恋人同士がじゃれているようにしか見えない。

あれが、響の恋人なのだ。

そして心から信頼し、甘えるような響の態度は、バートンが見たことがないものだ。

愛し、愛される関係、たった一人の自分自身という存在を、認めてくれる相手が響にはいる。

バートンは足を止めた。足が張りついたように動かない。

その光景は、バートンの胸に、暗い影を落とした。

◇◇◇

調は、バートンを待っていた。

舞台稽古を勝手に見たことを、バートンは怒っているかと思ったが、こうして呼び出されて調はほっとした。

本来ならバートンは、調が簡単に会えるような立場の人ではない。

彼の身分や職業、そういったものはどうでもよかった。ただバートンは、調にとって、具合が悪かったときに放っておかずに、親切に助けてくれた人だった。

そのときは、舞台関係者だろうというだけで、彼の名前すら分からなかった。

何度もその劇場に通ってやっと、調が休んだ部屋に通してくれたという劇場係を見つけ出した。彼はバートンを知っていた。それほどに、有名な人だったのだ。

でも、それからもすぐには、彼には会えなかった。けれど、彼の作った舞台は、何度か見に行った。

なぜこんなふうに彼を探し出そうとしたのか、調も自分の心に戸惑っている。まるで、彼に執着しているかのように。

それは多分、見ず知らずの人間だというのに、あんなふうに親切にしてくれた人は、初めてだったからかもしれない。ロンドンに来たばかりの頃、言葉もできず、誰にも相手にされずにずっとつらい思いをしていたから。初めて親切心を向けてくれた人、見捨てず調を助けてくれた人、それがバートンだったのだ。

やっと彼と話ができるようになったとき、最初は恐ろしげな印象も抱いたけれど。

感謝と素直な憧れを、調はバートンに抱いている。

厳しくて、いつもつまらなそうな顔をしていて、本当は調と会っていてもあまり面白そうな様子ではない。けれどなぜか、調を呼び出し、劇場や食事に連れ出してくれる。

気まぐれか、それとも暇つぶしか。いや、忙しい人だからそれはないだろう。

ただ、物珍しいのかもしれない。でも、親切な人だと、調は思った。それは最初の印象から変わらない。

「どうしたんだろう。何かあったのかな」

調は待ち合わせのティールームで、バートンを待っていた。

待ち合わせの時間からは、既に一時間が過ぎている。

カジュアルな雰囲気のティールームだ。

調が一時間そこにいても、誰も調を気に留めようとはしない。

空調もきいた、暖かい場所だ。

会ってみて話をしてみれば、バートンはずい分と怖い雰囲気の人に見えた。けれど、今までに何度か会って分かったことだが、バートンは約束は破らない人だった。そんな人が、連絡もなく調を一人、待たせている。店の人間への言《こと》づけもない。

何かあったのかもしれない。

調は心配になり席を立つと、店備えつけの電話から、彼の連絡先の番号を押す。

こうして待ち合わせをするようになってから、バートンは調に連絡先を教えてくれた。住所も本当かは分からなかったが、もらったカードには記載されている。

だが、呼出音は鳴るのに彼は出ない。

調は次第に心配になった。出たくても、出られない状態に、いるのかもしれない。

少しだけ、彼が自分に会いたいとは思わず、すっぽかされたのだという可能性も浮かんだ。

けれど彼は、連絡をしないですっぽかすような人ではない。それは調の直感だった。

いてもたってもいられず、調は席を立つと、カードに書かれた住所に向かった。


「ここかな…?」

調にバートンが教えてくれた住所は、事務所のものかと思ったが、そこは住宅街だった。

プライベートのアドレスを、教えてくれたのだろうか。高級住宅が並ぶ一画で、一階には門があり、二階に続く階段が見える。

場違いではないだろうか。

改めて調は、自身の身なりに目を落とす。古びたコートが貧相に見えた。

コートは、兄からもらったものだ。

本当は、兄は新しいものを買ってくれようとしたのだと思う。

だが、調は響が、調を学校に通わせるために無理していることを、よく知っていた。

だから、調は兄のものをもらった。けれど、それが失敗だったと気づいたのは、自分で着てみてからだ。

同じコートを着ていても、兄が着れば、一流のコートに見える。

だが、調が着れば、古びたコートにしか見えない。

同じものを着ていても、素敵に見える人間と、そうでない人間がいる。

それを改めて、思い知らされる。

昔から抱いていた、兄へのコンプレックスを刺激されてしまう。

（……）

美しくて格好良くて、どんなものも着こなす抜群のスタイル、そして、傷つけようとする者すべてを跳ね返す強い精神力。彼がその美しさ故に、つらい目に遭《あ》っていたことを、近所の人から偶然、調は聞かされた。

——身体で、役を取っているらしいよ、君のお兄さん。

調たちを傷つけようと、明確な悪意を持って、わざわざ教えてくれた人もいる。

——注意したら？　そういうことは止めたほうがいいって。役者なんて辞めても、君のお兄さんは成功するさ。

他にも、一見親切心を装《よそお》った忠告を告げるふりをして、でも実際は、成功しようとする響をその場所から引きずり降ろそうとするために、告げられた言葉もある。

響は何より調を大切にしてくれる人だったから、調を傷つけるのが一番と、彼らは思ったのかもしれない。

だから、調は響のために身を引き、一緒に住んでいるアパートから寮へと移った。

響の舞台関係者たちにとっても、調は響に近づくために利用されるだけの存在で、調の横にはいつも、兄の存在があった。

決して越えられない兄だ。調は、「響の弟」でしかない。

調にも一個の人格があると、認めてくれた人は誰もいない。

寮に入ったのは兄に迷惑をかけまいとして、そして、誰も兄の存在を知らない場所に、行きたかったからかもしれない。

調という個人を、認めて欲しかったからかもしれない。

だが今は、響に繋がる舞台関係者という人物と、調は会っている。

響を知っているかと訊ねたとき、バートンは何も答えなかった。

兄を知っているのだろうか、それとも、知らないのだろうか。

バートンは有名な人だから、響を知らないのかもしれない。知らないでいて欲しいと、調は思った。

恐る恐るインターフォンを押す。もしかしたら、家まで突然訪ねてきたことを、咎《とが》められるかもしれない。

返答はない。図々しいと思われたくはない。

ないでいるのではという心配が、調の足をその場に留めている。

急な仕事かトラブルで、電話に出られないのかもしれない。

ふと、そう思った。すると、こうして家まで押しかけてきたことが、とても迷惑なものに思えた。

『はい？』

諦《あきら》めようと思ったそのとき、応答があった。

「あの…っ、調です」

調は慌てて答える。すると、門の鍵が解除される音がした。

入ってもいいということだろうか。

調は鉄の門に手を掛けると、中に身体を滑《すべ》らせる。階段を踏み締め、上へ上っていった。

「おじゃまします……」

部屋の前の扉も開いていた。だが、バートンはそこに立ってはいなかった。

遠慮がちに、室内に声を掛ける。

バートンの姿はなかった。勝手に入るのは躊躇《ちゅうちょ》されるが、家の鍵を開けてくれたことと、調と名乗ったのに帰れと言われなかったことが、小さな勇気を与えた。

扉を閉めると、室内に入っていく。メゾネットタイプで、エントランスの奥にリビングがあった。リビングには誰の姿も見えなかった。上へ行こうとして、何かが動くのを目の端にとらえる。外観は立派だったが、中は殺風景と言ってもいいかもしれない。愛情を注がれている家具や道具が一切ないような、そんな寒々とした印象を受ける。

絵も、写真もない部屋に、ふと、違和感を覚えた。

(何だろう)

それきり、部屋の片隅に動く気配を感じ、違和感は忘れた。

「バートンさん?」

引き返し、ソファを見れば、彼が横たわっていた。姿が見えないと思ったのは、大きなソファに深く身体を沈めていたせいだったのだ。家の鍵を開けてくれた後、ソファに戻って倒れ込んだらしい。

「あの、どうかされたんですか? 具合でも悪いんですか?」

調はソファの前にひざまずくと、彼の様子を窺う。室内には酒の匂いが充満していた。ローテーブルには、半分以上空になったスコッチのボトルがある。

これだけ酔ったバートンの姿を見るのは、調は初めてだった。

「あの、お水持ってきましょうか？　具合悪く、ないですか？」

調は遠慮がちに声を掛け続ける。すると、バートンがゆるりと目を開けた。

ほっと調は息をつく。意識はあるようだ。

「水持ってきますね。キッチン、勝手に入ってもいいですか？」

許可を求めると、調は立ち上がろうとする。するとそれを阻《はば》まれるのに気づいた。バートンの手が、調の手首を摑んでいる。

それは離れず、調は再び床に膝をつく。

すると、バートンが上体を起こした。彼の瞳が、調を見つめる。

彼の瞳に間近で見つめられ、調の胸が射貫《いぬ》かれたようになる。

やはり、迫力だった。調はたじろぐ。すると、バートンの手のひらが、調の頬を包み込む。何かを見ようとしているようだ。そして、掌はそのまま後ろに流れ、調の髪を梳《す》いた。

「……き」

彼の口唇が、誰かの名を形作った。調、という形ではなかったかもしれない。

「バートンさん…？」

彼の瞳が、調を見つめる。

本当に調を見ているのだろうか。いや、その奥の何かを、見ているような気がした。

それは直感だ。

調の腰に彼の腕が回る。そしてそのまま、強い力が、調を引き寄せた。

「あ…っ！」

逃げようとしたせいで、調の身体が床に崩れ落ちる。ソファからそのまま、バートンは調を床に組み敷いた。

バートンの手が、調の衣服を脱がす。手のひらが、調の肌の上を這《は》う。

「あの、バートンさ……」

調は焦《あせ》った。彼の大きな身体を、押し戻そうと試みる。けれど、圧倒的な体格差に、敵《かな》うわけもない。

「バートンさん、あの」

冷たい床に押し倒されたまま、行為だけが深まっていく。床は固くて、冷たかった。床に擦られた部分が痛む。抵抗しようとすると、手首を摑み取られる。そして、強引に衣服を剝《は》ぎ取られた。

「バートンさ…ん、何か、あの」

「俺に逆らうな」

乱暴な仕草だった。恐ろしくて調は声も出なかった。

不安と恐怖しか、調にはなかった。何をしようとしているのか分からないでもない。

ただそれが、単に欲望の捌《は》け口を求めてのことなのか、どういう意図で調を組み敷こうとしているのか、訊ねることも、恐怖に支配された調には思いつかない。

必死で彼を正気に戻そうと名を呼び続けるが、彼の行為は止まらない。

驚き開く口唇を、うるさそうに彼のものが塞《ふさ》ぐ。

「ん…」

それはすぐに深くなった。調は動けないまま、身体を開かされる。

「やめ…、バートンさ…!」

悲鳴は手のひらに塞がれてしまう。

なぜ?

恐ろしくて震えて、けれど彼を心のどこかで信じていた。

どうして、彼を信じるようになったのだろう。けれど、酔っていてもすぐに、正気に戻ってくれると思っていた。

そして熱いものが、調を引き裂いた。

◇◇◇

夢の中で、バートンは響を抱いていた。

彼の身体は燃えるように熱く、バートンは幸福に包まれた。

だがそれはすぐに薔薇の棘に変わり、バートンの指を刺し、逃げ出していく。いつもだ。大切に思ったものはバートンの許から去っていく。

——私はどうしてもこの役がやりたいの。監督の許に行くわ。だからあなたは邪魔なのよ……。

懸命に母親を慕う子供の手を、彼女が振り払う。

——賞を獲ったのね。おめでとう。どうか許してちょうだいね。

女の声が、バートンの頭に響く。

彼女の前にはまだ、子供だった頃のバートンと——。

「う……」

眩《まぶ》しい光が差し込み、昨夜カーテンを閉めずに眠ってしまったことに気づく。

酒臭い息を吐き、重い身体に飲みすぎた夜を思い出す。

朝、目覚めればいつも、バートンを憂鬱が支配する。

心地よい目覚めなど、バートンには訪れない。

目覚めるたび、一人になった朝を、思い出すからだ。

「夢か」

所詮《しょせん》、響をこの手に抱くことなど夢なのだ。だが手のひらに残るリアルな感触に、バートンは不審げに眉をひそめる。隣に横たわる存在にやっと気づく。

「おい……」

そして、――驚愕《きょうがく》する。響ではない顔に。

これは、調だ。響に似ていても、彼ではない。

慌てて肩を揺するが、よほど酷く疲れているのだろう。きつく閉ざされた瞳は開かない。

調は床にそのまま、裸で横たわっていた。一応、酷く酔っていても、脱ぎ捨てたコートくらいは、身体に掛けてやっていたらしい。

コートから出る肘《ひじ》や、肌の柔らかい部分に、擦れた跡が残っていた。

冷たく固い床の上で、彼の身体を組み敷いたのだ。そしてそのまま一晩、こうして……。

調は小さく身体を丸めて、床に横になっている。

擦れた肌の赤い跡が、バートンの目に飛び込む。

彼と会う約束をしていたことを思い出す。けれど、バートンは酒を飲んで……。

調は約束の場所にバートンが来なかったから、心配して様子を見に来たに違いない。

その好意をバートンは踏みにじったのだ。

「く…っ…」

昨夜の自分は、どうかしていたのだ。

響が恋人と愛し合う姿を見て、たがが外れた。

調の体中に、赤い跡が散っている。よほど彼を、情熱的に愛したらしい。ここまで跡が残っている身体を見たのは初めてだ。昨夜のバートンは人肌に飢えていた。

抱けるなら、誰でもよかった。いや、響を抱きたかった。

ただそれだけだ。まだ、彼に執着していたのだ。自分の心は誤魔化《ごまか》せない。

彼に嫌われても、いや、既に彼にとって忘れ去られた存在でも。

響と違いあどけなさの残る、青ざめた頬に涙の跡が残る。それがバートンの胸を疼かせた。

バートンは調の身体をコートでくるみ、抱き上げる。

「ん……」

「起きたか?」

「バートンさん?」

調はまだ、自分の身に起きたことが、分かっていない様子だった。

「ベッドに運ぶだけだ。安心しろ」

言いながら階段を上る。ベッドに運ぶと、調をシーツでくるんだ。

運んだ身体は軽かった。当たり前だ。バートンと一〇は年が違う。

バートンは片頬を歪《ゆが》める。こんな子供を、本気で相手にするつもりなど、なかったのだ。

響の代わり、彼を傷つけるための切り札、いつか利用できるだろうと思い、そのために飼い馴《な》らそうとした。

調はその企みを知らない。だがもうこれで終わりだ。

響の大切なものを傷つける。そうすればいくらかでも気が済むかと思ったが、後に残るのは苦味だけだった。こんな思いをするのなら、もう会わないほうがいい。

弄《もてあそ》んで、彼を自分に夢中にさせるように仕向けて、それから捨てる。そんな暗い企みは、実際に調を前にすると、苦い感情だけをバートンに与える。

「起きられるようになったら、一人で帰れ。タクシーは呼んでやる」

調の表情が強張《こわば》ったような気がした。

さっさと帰れという言葉の意味が、分からないでもないだろう。

弾《はず》みで人を抱ける。そういうことを、調はまだ、理解できないかもしれなかったけれども。

「…はい」

調は素直に頷《うなず》いた。何も、告げない。抗議したりもしない。

調がバートンに背を向ける。白い背が、シーツから覗いた。滑《なめ》らかで柔らかい、しっとりとした感触を与える肌だった。しなやかで細い首筋に、艶《つや》やかな髪が零《こぼ》れる。

細く、酷く頼りなげな姿だった。

初めて会ったときも、彼はこうして倒れ込んで……。

その身体を、バートンは抱き上げた。

彼はバートンを探し、会いに来た。

そして今も。

約束の場所に来なかったバートンを探し、こうして会いに来て……。

(……)

心が揺さぶられる。危険な予兆だった。

彼は何も言わない。言わないからこそ、胸が締めつけられそうになる。

彼の肩が、泣き出すのをこらえるように小さく震えた。そのとき。

「次はいつ来られるんだ?」

バートンはそう告げていた。

◇◇◇Lesson2：stage

響の家の電話が鳴る。響は調のたった一人の兄だ。

キッチンに立っていた響は、急いで電話へ駆け寄ると受話器を取り上げる。

「はい」

『ヘンリーミンスター・スクールの者ですが』

「え？」

仕事の関係者からだとばかり思っていた響にとって、それは予想していなかった相手だった。

それは、弟の調が通う学校からだった。調は響から離れ、寄宿舎生活を送っている。仕事柄どうしても不規則な生活になる響とでは、一緒に生活する者の負担は大きい。それと、金は与えられなくても、きちんとした教育は、彼に与えてやりたかった。それが響が調にできる唯一のことだ。

（一体何の用だ？）

不審に思うと同時に、不安が込み上げる。

「あの、調に何か」

じわりと手のひらに汗が浮かぶ。

急《せ》いた気持ちに気づいたのだろう。電話の相手は急いで付け加えた。

『いえ、怪我をされたとか、そういうことではありません。実は昨晩、調君は無断外泊をしまして』

「無断外泊？」

それは響にとって、意外な知らせだった。

調は真面目で素直で、響の言うことを過ぎるほどに聞く人間だ。両親から独立し、調を助けるために苦労している響のことを、よく知っているからだ。たった二人の兄弟として、互いを思いやり、特に調は、響に迷惑や心配をかけまいとしている。

「あの、一体何が」

思い浮かんだのは苛《いじ》めとか、そういうことだ。何か調が酷く、悩んでいるのではないかと…。

『本人は、友達の家に遊びに行って、疲れて眠ってしまった。友達はそのまま調君を気遣って、起こさなかったと説明しています。ですが、規則は規則です。今週一週間は夜間の外出を禁止しています』

ふと、疑問に思う。調に心を許せる友人ができたのはいいことだが、そのことを響に報告しなかったことを。無断外泊の報告が調からないのは、規則を破ったことを、自分には言いにくかったからだろうか。

「分かりました。私からも気をつけるように注意します」

それだけを言うと、響は電話を切った。

◇◇◇

「真面目なお前が無断外泊。今日は一日中、その噂でもちきりだ」

ノーマンが調の前に立つ。

教室で級友たちは、遠巻きにその様子を見つめている。

調の通うヘンリーミンスター・スクールは全寮制の男子校で、ノーマンは調の同室だ。一三世紀に修道士によって設立された学校は名門と名高く、伝統ある校風故に規則も厳しい。錚々《そうそう》たる卒業生のメンバーを生徒たちは皆、誇りに思っている。

「ずい分心配した」

「…ごめん」

「謝らなくていい。まったく、俺を呼べばよかったのに」

調はノーマンに、友人の家に泊まったと説明している。体調がよくなかったからだと。

確かに、調は青ざめて、あまり体調がいいとは言えないようだ。

だからこそ、ノーマンは一層心配になる。

「今度こそ、俺を呼べ」

「ああ」

ノーマンならずとも、級友たちは皆、調を心配しているようだ。

調とノーマンは、その格好良さでも、学校の人気者だったからだ。調は気づいていないようだったが。年に数人しか得ることができない、奨学金の授与者に選ばれた二人は、話しかけることができないほどの、憧れの二人として認知されている。

真面目で、後輩からも信頼が厚い調が無断外泊したことは、学校でも全生徒に衝撃を与えた。

その調が具合が悪そうにしていれば、ノーマンならずとも、周囲は皆心配する。

「お前のことは、皆心配してる」

「そんなことはないよ」

調は自嘲気味に言った。

「結構人気があるんだぞ、お前は」

「まさか。お前と一緒にいるから、そういうふうに思ってもらえるだけさ」

調は答えた。学校に入ったばかりの頃、調はまだ身体も小さく、目立たない存在だった。どちらかというと、気配を殺し、誰にも気づかれないような存在になりたいと、振舞っていたようにも見える。目立てば苛められるから。

もしかしたら、苛められた経験が、あるのかもしれない。

そういえば、調は兄がたった一人の家族だと聞いたことがある。それ以上詮索はしなかったが、両親がいないことや、ロンドンに来たこと、それらが起因しているのだろうか。

気配を殺しているような調が気の毒で、ノーマンは彼を色々な目立つ場所に連れ出した。学園の演劇祭には、彼を主役に推《お》そうともした。だが、彼は頑《かたく》なに拒否した。

兄が俳優だということが、調の持つ影に、影響しているのだろうか。

「奨学金を外されるかもしれないぞ？　授与者は他の生徒の模範にならなければならない。寄宿舎のルールが守れなければ、奨学金を打ち切られる」

脅《おど》すように告げるのは、調を心配してのことだ。だが、調にこたえた様子は見えない。だからこそ、また外泊するのかと心配になってしまう。

「兄さんも心配してるんじゃないか？　学校も連絡したらしいし」

「兄さんは関係ない！」

その剣幕《けんまく》に、ノーマンは驚く。はっと調が表情を強張らせる。

「これからは、気をつけるから」

慌てて、調が言い直す。調も、感情をほとばしらせた自分に、驚いているようだった。

深い心配を抱いたまま、ノーマンは席に戻った。

◇◇◇

週末、響は調といつも会うカフェに、彼を呼び出していた。学校側には、響と会うために外出を許可してくれるよう、既に連絡してある。

電話では少し話した。だが、声だけでは心もとない。実際に会って顔を見なければ、本当のことなど分からないものだ。そして、彼の様子を見抜ける自信が、響にはあった。

カフェでそれほど待たずに、調が現れる。

「兄さん…」

「久しぶりだな」

響は現れた彼を見て、眩しくて目を細めた。

最近の調は背も大分伸び、以前とは比べ物にならないくらい、大人びた容姿に変化しつつある。

以前は年齢より幼い印象が先に立ったが、今はしっとりとした落ち着きがある。可愛らしくも見えるのは、彼の素直な性格のせいだろう。だがどちらかというと、今は美しいという形容のほうが相応《ふさわ》しい。

折に触れ、調を気にかけ連絡は取るようにしているが、そう頻繁に会えるわけではない。久しぶりに会った調は、輝くばかりに大人びて美しくなっていた。

清廉《せいれん》で、澄んだ空気が彼を取り巻く。けれどどこか、それは甘い。

調が席に着き、頼んだ紅茶が運ばれてくると、響はすぐに訊ねた。

「調、無断外泊だって?」

「う、うん……」

言いにくそうに調が頷く。

「…ごめん」

「友達の家に泊まった?」

「そ、そうなんだ」

響が訊ねると、とってつけたように調が同意する。そこにはどことなく感じるぎこちなさがあった。普段の響は調を信頼し、友人関係にまで詮索を入れたりは決してしない。だが、今の調の態度には、おかしなものを感じた。

「どういう友達だ？」

問いつめてしまったのは、たった一人の弟だからこそだった。

「……」

初めて、調が押し黙る。調は嘘をつける性質をしていない。

まったく嘘が下手だ。響は内心であきれ顔を作る。その素直な性質だからこそ、響は余計に、調を守ろうという気持ちにさせられる。彼を傷つけたくないと、ずっと守ってきたのだ。

二度と、心を閉ざすような悲しいことはさせまいと。やっとよく笑うようになってきたというのに。

「誰か悪い人間と付き合っているんじゃないだろうな」

こんなふうに問いつめることは、相手を頑なにさせてしまう。よくないと分かっていても、自分の弟のことになると、理性は消し飛んでしまう。

「そんなんじゃ、ないよ」

「じゃあ、誰だ？」

調は再び口を閉ざす。それは珍しいことだった。響がいくら促《うなが》しても、調は頑なに無断外泊した理由も相手も言わない。けれど、嘘もつけないのだ。

「何があった？　ずい分、大人びた雰囲気に変わったな」

「大人びたなんて。全然まだ、兄さんには敵わないよ」

兄には敵わない。そう言ったとき、調の表情にわずかな影が差す。

「相変わらず、…綺麗だね、兄さんは。兄さんみたいに素敵になれたら、よかったと思うよ」

調の瞳が切なげに歪む。

――兄さんみたいになれたら。

響は驚く。

そんな、胸を締めつけられるような調の表情を見るのは、初めてだった。

「今日は来てくれてありがとう。これから気をつけるから。用があるから、もう帰るね」

「おい…！」

響が問いつめるのに、調は耐えられなくなったのだろう。ぎこちない動作で立ち上がると、逃げ出すように席を立ち、店を出て行ってしまう。

初めて、調が頑なに響に逆らった。

それほどに、無断外泊した相手が、大切だということだ。

「まさか、恋人？」

しかもそれが、無断外泊するような付き合いとなると問題だ。けれど、家族として当然の心配は、調には届かない。響の心配より、相手に夢中になっているらしい。今の調の様子では、かなりの熱の入れようだ。

だが今響が調を追いかけて、執拗《しつよう》に問いつめても逆効果だろう。妙に頑固なところがあるのは、響も同じだ。だからこそ、何事にも負けない強い心を、持ち続けることができるともいうが。人は一度意地を張らせてしまうと、その心を開かせることが困難になる。意地にさせないように、解決できるよう考えなければならない。

仕方なく、その場は響は調を追いかけるのは諦め、一旦ロンドンに戻った。


その夜、響はヒューの腕に抱かれ、彼の胸に頭を乗せていた。

「どうした?」

ヒューの腕の中で、響が憂《うれ》いに満ちた表情を浮かべているのに気づいたのだろう。ヒューが響に問いかける。前髪の上から、優しく額にキスが落とされる。

ヒューは名門、ローレンス家の執事だ。以前、響が執事役に挑戦する際、彼にレッスンを受けた。一流に囲まれた気品溢《あふ》れる男、そして自らも最高の仕事をする男。

だが響の前で見せる彼の別の表情は危険で、謎めいている。

紳士的に見える容姿を持つくせに、響を抱くときの彼は、誰より熱く男らしく、力強い。

彼に磨《みが》かれて、響も新しい輝きを手に入れた。それは以前よりずっと眩《まばゆ》い。愛されている幸福は、周囲に対する思いやりを生み、幸せを連鎖させていく。

響は調に幸せになって欲しいと、心を砕いている。

「ん…それが」

ヒューの頼もしい腕が、響の腰に回っている。既に響はヒューに二度抱かれていた。会えばいつも、一度では済まない。響の後ろはしっとりと濡れそぼり、彼のものに何度も擦り上げられて、じんとした甘い余韻を残している。身体に力が入らないほどに深く、官能の波に突き落とされた。最初が最初だったから、あれほど嫌悪していた行為だというのに、ヒューは容易に響に、男に抱かれる悦《よろこ》びを教え込み、快楽を植えつけた。今では響も行為自体を楽しめるようになった。だがそれは、相手がヒューだからだ。ヒューに触れられただけで、身体が熱くなり、瞳が潤《うる》み出す。

彼に抱かれている間は、不安や憂鬱を忘れられる。だが、気を紛らわすために、彼の腕を使っているわけではない。彼に会えるときは、彼に愛されることにきちんと向き合いたい。

互いに多忙で殆ど会えないからこそ、新鮮な気持ちを持ち続けられるから、あまり会えないことも悪いばかりではないと響は思う。物事には二面性がある。物事を悪い面ばかりでとらえず、いい面だけを見るようにするのも、幸せになるための秘訣だ。

「調が先週、無断外泊したんだ。学校側から連絡があって知ったんだ」

「調君が？」

ヒューは驚いたようだった。ヒューは調がどんな性質をしているか知っている。そうでなくても、ヒューの人を洞察する能力は卓越《たくえつ》している。彼の仕事は様々な人に会い、相手が何を望んでいるのかをまず考え、見抜き、心地よく過ごすことができるように配慮すること。目に見えるものでもなく、数字として反映されるものでもない、評価にすぐに繋がるような分かりやすい能力ではないが、それこそが、人が人でいる限り、最も大切なものかもしれない。響に思いやりや相手を気遣う心の大切さを、教えてくれたのはヒューだ。

「調君がそんなことをするなんて珍しいな」

「だろう？　よっぽどのことがあったんじゃないかって心配して会いに行ったんだ。でも、誰と会ってたんだって訊《き》いても、絶対に相手の名前を言わない」

「…まずいな」

ヒューが初めて、眉をひそめた。

「誰かに騙《だま》されてるか、悪い友達でも作ったか」

友達、と言葉を濁《にご》した。恋人、と口にしてしまうのは、恐ろしかったからだ。

「調べてみようか？」

「ヒューが？」

「いや。知り合いに心当たりがある」

ヒューはそう言うと、それ以上心配しないよう、慰めるように響の瞼《まぶた》にキスを落とし、その瞳を閉じさせた。

◇◇◇

響の不安は的中した。

「あ、あ」

響が心配な夜を重ねている頃、調はバートンに組み敷かれていた。衣服を解かれ、白い裸体は羞恥《しゅうち》に赤く染まっている。

バートンは調を、自宅に呼び出していた。

なぜ再び抱こうと思ったのか、その理由はバートンにも分からない。

バートンが呼び出せば、調は応じた。

調が応じた理由は、バートンには分からない。

「あ、あ…っ、うっ」

バートンが責めると、調は小刻みに身体を震わせた。

「そうだ。どこが感じる？」

「や、やめ」

調の中で指を掻き回せば、調は甘く泣く。どこが弱いか、今日はとことん調べ尽くし、バートンは彼の身体を変えてやるつもりだった。

「足を開いて、閉じないように押さえていろ」

「は、はい…」

中央の屹立《きつりつ》は大きく膨《ふく》らみ、限界を訴えている。だが、今日はすぐに思いを遂《と》げさせるつもりはなかった。

焦らし心から欲しがるように仕向け、快楽を植えつける。十分調を感じさせてから、大切に彼を開発するつもりだった。単に貫くだけでは、調は行為自体を楽しみ喜びに変えることはできないだろう。

それは、バートンの本意ではない。

一番最初、調の身体を強引に引き裂いたせいで、調はバートンが求めると、身体を強張らせた。

それをキスで甘くほぐし、大事な部分を焦らすように感じさせてから、バートンはすべての衣類を取り去った。本気で涙を流すまで、胸の尖《とが》りを口唇で苛めもした。

今、調はセックスに対する恐怖より、甘い官能の波に耐えるのに精一杯のはずだ。

「あ、もう、もう。ぁ…ッ」

最初より、大分色っぽく啼《な》くようになった。調の声は、バートンの欲望を刺激する。

「どうして欲しいんだ？」

「お願い、します」

涙声になる。

彼の身体を開発することに、バートンは夢中になった。

震えながら身体を開くいじらしさ、そんな相手は利権絡みで近寄ってくる女優の中に、誰一人いなかったからだ。

二度と、抱くつもりはないと思ったのに。

だが、結局彼を一人で帰すのがしのびなくて、彼を送っていったとき、彼が寂しそうにうつむいたその姿と、つい、彼を慰めるように抱き寄せたときに感じた彼の身体の柔らかさと——。

そして、彼の面ざしがやはり、響に似ているということが、バートンの弱さを刺激した。

彼を抱き締めるほど、響を忘れられなくなる。

彼が、響だったらいいのに。今さらながらに、彼に執着していたのだと思い知らされる。

「お願い、です」

調がバートンにねだった今の言葉、それを響が聞けば、彼はどう思うだろうか。彼に聞かせてやりたい。調がバートンの名を呼び、果てるところを。

残酷な想像がバートンを支配しそうになる。

響は今度、新しい舞台に出演するらしい。バートンを愚弄《ぐろう》した重鎮も、彼に目をつけ始めているとも聞く。響は彼の舞台に出ることを、了承するのだろうか。それでも、バートンの舞台に出ることは、絶対にないだろう。

苦い気持ちを飲み込むと、バートンは調の中で指を蠢《うごめ》かせた。内壁は熱く、何度も掻き回したせいで、柔らかく熟《う》れている。しっとりと指に吸いつき、締めつける感触は、バートンを喜ばせた。

まだ狭いそこに、凶暴なものを埋め込み、出し入れし、欲望を果たすために使うのは、気の毒な気さえする。

調はこの行為に興味を持っていたわけでも、行為自体が好きなわけでもないらしい。

流されているだけかもしれない。純粋に、初めて知った行為への好奇心と、バートンがそう仕向けた快楽に、溺《おぼ》れているだけかもしれない。

「足を閉じるな。きちんと開いていろ」

「う…っ、は、い」

調は、バートンとの行為が好きで、抱かれているわけでもない。

「この間の外泊は、咎められなかったのか？」

響は知ったのだろうか。たまに戻る残酷な気持ち。

自分を振った相手が、一番大切にしているものを、奪っているという優越感。

響の様子を、バートンは訊ねる。

「いいえ！」

調は思ったよりも強い口調で否定した。

バートンはおや、と思う。

「心配していないのか？　兄さんとやらは」

「……」

調は答えない。だが、バートンは気づく。兄の名を出すと、調の中に珍しく、強い感情が浮かぶようだ。まるで、自棄《やけ》を起こしているかのように。

だから、バートンの呼び出しに、応じたのだろうか。

自棄を起こしてバートンに抱かれているのだと思えば、それはバートンのプライドが許さない。

自分は調を利用しているくせに、彼がバートンに向き合わずに抱かれていると思えば、苛立ちが浮かぶ。

勝手だと思われても仕方がない。

バートンの行為が、激しくなる。

「あ、ん…っ」

バートンが指を鉤状《かぎ》に折り、前に向かって曲げれば、調が背を仰《の》け反《ぞ》らせた。

思わず漏《も》れた甘い声に、調は慌てたように両方の手のひらで口唇を塞ぐ。

「駄目だ。声を聞かせなさい」

「は…い」

ゆっくりと調が手のひらを外す。両手は下がり、どこに手を置いていいか分からなかったのだろう。シーツをしっかりと握り締めた。

「ここがいいんだな？　意識をここに集中して、感じていなさい」

バートンが調が声を上げた場所を、意識的に苛めてやる。すると、調は背を震わせた。

「あ、アッ、あ」

調のものが、喜びに打ち震える。内壁を指の腹で擦り、男の弱い部分に響くように摩擦してやると、彼は全身を赤く染め上げた。

中を弄《いじ》られるのが大分いいらしい。そこで感じるように、バートンが短期間のうちに躾《しつ》けたからだ。

今日は十分にここをほぐしてから、ここで感じるようにするつもりだった。

もっと感じさせてやろう。今まで誰にも、こんなふうにたっぷりと前戯に時間をかけ、感じさせることはしなかった。調だけだ。

けれど、バートンは浮かぶ甘さを否定しようとする。非情になりきれない己の胸に、焦りと混乱がひしめく。

「調、うつ伏せになって、手と膝をつきなさい」

バートンが命じれば、のろのろと調が従う。うつ伏せで手と膝をシーツについた姿を取り、バートンが背後に膝立てば、自分が取らされている姿勢が分かったのだろう。

顔は見えないものの、調の耳の先までが、赤く染まっているのが、バートンからは見えた。

「今日はたっぷりと、ここで感じさせてやる」

バートンは調の双丘に手を掛けた。そして、入口に燃えるような熱いものを押し当てる。バートンが執拗に広げたせいで、入口は甘く引き裂かれるのを待つように口を開けていた。

バートンは固い先端を押し込んでいく。ゆっくりと、彼の反応を確かめながら。

無理に押し込むような真似はせず、彼を感じさせることを一番に考えて。

「あ、あ――っ…」

先端を飲み込んでしまえば、あとは簡単だ。一番太い部分を受け入れるときだけ、調は苦しそうな息をついた。だがすべてを押し込むと、それはすぐに甘い喘《あえ》ぎに変わる。

「う、うう、っ、あぁ。ああ」

「膝をもっと開いて。そうだ」

バートンはもっと深く調を犯し尽くそうと、調に膝を開かせる。そしてもっと深い部分まで、屹立をねじ込む。

バートンの位置からは、調の細かい表情までは見えない姿勢だ。だが、調をいとおしんで抱く必要はないから、彼の官能的な顔や表情を、楽しまずとも構わない。

そう言い聞かせながらすべてを押し込むと、バートンはゆっくりと腰を前後させた。

「あ、あっ、あっ」

動きに合わせて、調が小さな嬌声《きょうせい》を上げる。

バートンは調のものに、触れてはやらない。今日は男に犯される部分だけで、調を上りつめさせるつもりだった。

調が後ろで達《い》くことを覚えるまで、何度でもそこを抉《えぐ》り、達くまで許さない。

「あ、ああっ、アッ！　あ、あああッ…!!」

バートンが次第に突き上げる速度を上げると、調の鳴き声が酷くなる。突き上げの激しさに耐えきれないのか、身体が前に逃げようとするのを、細い腰を押さえつけて引き戻す。

彼の腰を引き寄せる行為に合わせて、バートンは強く突き上げた。

「ひぅ…っ！　う、アっ！　あああ…っ」

引き寄せられた瞬間、中を突き上げられる。バートンはずるずると調の中を行き来する己の欲望を、冷静な視線で見ていた。

調はバートンが激しい行為を仕掛けても、受け入れようとする。

なぜだろう。

バートンを恋人だとでも、思っているのだろうか。

恋人、バートンは鼻で笑う。

バートンの周囲には美しい女優も多い。誰もがバートンの恋人として、引き立ててもらうことを望む。そんな中にいて、調程度を、バートンが恋人にするわけがないではないか。

馬鹿な奴だ。

バートンは心の中で呟く。調はバートンが。そして恋人が望むことだから、受け入れようとしているのだろうか。

分からない。だからバートンの苛立ちはつのる。

必死で恥ずかしさに耐え、足を開き、どんな行為をしてもバートンを受け入れようとする様は、

可愛らしいと言えなくもない。男の心を震わせると言っていいだろう。

ただし、相手が恋人ならば、だ。バートンにとって調を抱くことは、自分を振った男に対する、当て付けに過ぎない。

だが一層、バートンを激しい行為に駆り立てたのは、調だ。調が兄のことを話すとき、彼は強い何かを抱いているように見えた。

そして今も、バートンに対する気持ちだけではなく、調を支配する何かを忘れるために、バートンに抱かれているようにも見える。

だからこそ、バートンは彼の中からそれを追い出したくて、自分だけに向けさせたくて、苛立ちをつのらせ行為を激しいものにする。

「バートンさ、は、あっ、あっ」

小さな蕾《つぼみ》が大きく広がり、バートンのものをすべて飲み込んでいる。細い背が、若鮎《あゆ》のようにしなる。全身を突っ張らせながら、バートンの責めに、調は耐えていた。

体格の違う相手であるからこそ、犯している、その言葉を思い知らされるような行為だった。

愛情がないからこそ、その言葉はぴったりだ。バートンは鼻で己を笑う。そして調をも。

こうして最愛の弟が犯されているのだと知れば、響はどういう反応を見せるのだろう?

響の名を思い出せば、恋人とともにいた光景が目の前に浮かぶ。

——小道具の薔薇の棘で、手を怪我して。

——邪魔なのよ。あなたは、私があの役を取るためには……。

そして、彼女が送ってきた薔薇の花束……。

頭に蘇《よみがえ》る声を、バートンは振りきる。気を紛らわすように、調を責め尽くす。

響が知るまでに、もっと調を犯し尽くしてやろう。暗い企みは強い欲望となって調を襲う。

彼を抱いている間は、バートンをずっと苦しめていた空虚さを忘れることができる。

「あ、ひ、う…っ、あ、あぁぁ…っ!!」

一度、男に抱かれる快楽を味わわせたら最後、自慰だけでは満足できなくなる。調はそのうち自ら、バートンを欲しがるようになるだろう。

バートンは調が達するまで、十分に彼の中を楽しみ、冷静に彼を突き上げ続けた。

◇◇◇

「あ…っ、あ」

恥ずかしい……。

仰向けで、調は彼に貫かれていた。後ろだけで達った後、ご褒美《ほうび》のようにバートンは調の前を愛撫してくれた。今は抱き合うような形で身体を重ねている。バートンの下腹に調のものは擦られ、それが甘い刺激のさざ波となって、調の快楽を増幅させる。

やはりまだ、慣れない身体は後ろだけの強烈な刺激で達かされるより、前の刺激を必要とする。それにこの姿勢のほうが、バートンと抱き合えるようで、調は好きだった。顔や反応を、余すところなく見られてしまうのは、恥ずかしかったけれども。

バートンが調の両膝を広げ、閉じたりしないよう膝裏に手のひらを差し込み、大きく広げながら中央に突き立てた屹立を突き上げている。

すると、今までに感じたことのない深い快楽が、調を襲うのだ。

「こんな…あ、あぅ」

ずるずると中を強大なものが行き来している。とてもまじまじとは見られなかったが、本当にあんなふうに大きなものが、中に入っているのだ。そして内壁をこすり上げられるたびに、じわりとした深い快感が、下肢に押し寄せる。

「今までに感じたことがなかったのか?」

頷けば、バートンは低く笑った。彼の両手が、調の両足を大きく広げる。広げられた両足の挟《はさ》間《ま》に、彼の身体が差し込まれ、下腹が食い込んでいる。両方の足で挟んだ彼の身体は固く、しっかりとした筋肉がついていた。

「もっと感じさせてあげよう。気を失うくらいにな」

「それは…っ」

調は焦った。気を失う前後の、あやふやな記憶。理性がない自分が、どんなことをして、されているのか分からないのは不安だ。だが気づいたときに残る甘い鈍痛は、悪いものではなかった。

「今はゆっくり感じさせてあげよう。いいね？」

「あっ、あ」

声が出てしまって止まらない。

バートンは調の中に入れたまま、もうずっとゆっくりと突き上げ続けている。

濡れた水音が、繋がっているのだということを調に知らしめ、より羞恥を煽《あお》った。その羞恥すら、今は快楽を増幅させる小道具になる。

先ほど、後ろを向かされて犬のように這わされて達かされたときとは、全然違う行為だ。

甘く欲望を出し入れされ、調は全身を快楽に染め上げた。

感じる。ずっとこの快楽の海に漂《ただよ》っていたいと思うほどに、彼と身体を重ねる時間は甘美《かんび》だった。

なぜ、彼の呼び出しに応《こた》えてしまったのだろう。

——なぜ、無断外泊をした？　心配してるのに。

兄は本当に、調を心配してくれた。

だが、それをすまないと思うと同時に、彼をもっと心配させたいという気持ちが、浮かんだのはなぜなのだろう。

そして、バートンに会ってしまえば、あとは強引に奪われるだけだ。

最初は、恐ろしくてたまらなかった。けれど、彼に抱かれるのは、調は嫌ではなかった。

出会ったときからずっと、憧れていた相手だ。

口づけることもなく、バートンは調を抱く。

優等生と言われる自分が、こうして男に抱かれているなんて、級友の誰も思わないだろう。

そして多分、響も。

バートンは、初めて調を抱いた夜、酷く酔っていた。

今も多分、調を好きで抱いているのではないだろう。

調も、自棄を起こしていたのかもしれない。

一度、落ちるところまで、落ちてしまえたら。そんな危険な感情が浮かぶ。

自分を好きではない相手に、調は抱かれている。

兄は、…ヒューという最高の恋人を手に入れて、彼に愛されている。

兄と比較してはならない。

だが、今の自分の境遇を思えば、彼とのあまりの違いに苦しくなる。

惨《みじ》めさがつのる。それは、バートンに抱かれているということではなく、自分を愛していない男に抱かれているという事実だ。

自分が、男に抱かれていると知れば、響は傷つくだろうか。

「バートンさ…」

調がバートンの名を呼べば、彼は調の手を取る。抱き締めてくれるかと、調は期待した。

自分を好きではない相手。けれど、その人に抱き締められることを、調は期待している。

だが、バートンはそのまま調の手を、調のものにいざなった。

「あ…っ」

膨らんだ欲望を、バートンの手のひらとともに握らされる。そして、もう片方の指先を、先ほどまでバートンがひりつくほどに舐《な》めて吸っていた胸の尖りに沿わされる。

わずかな切なさが胸を刺した。

けれど、調は彼に命じられるまま、彼の声に従った。

「目でも楽しませてもらおうか?」

そう言ったまま、バートンは動きを止めた。調のものは、それほど触れられてはいない。直接的な刺激に飢え、バートンが調の手のひらと一緒に中のものを揉《も》み込むと、調も手を動かす。

「あ、ふ…っ、う」

自ら刺激を与えながら、調は喘いだ。鼻にかかった甘い声、本気で感じているのを知られてしまう。胸の尖りの指先も、バートンに促されて動き出す。男の欲望を突き刺されたまま、男の目を楽しませるために、調の手のひらが、己を感じさせるために蠢く。

「俺が抱いてやらない夜は、こうして自分を慰めるんだ。他の男に抱かれたりしないように」

「はぁ…っ、ううっ…そんな」

バートンの脳裏には、調が一人、寮のベッドで自分を慰めている姿があるのだろうか。

バートンは腰使いを再開した。

「あっ、あ、ああ、す、ご、こんな」

前を扱《しご》きながら、後ろを犯される。二重にも三重にも、官能を追い上げられ、調の身体はもうバートンの言いなりだった。全身から力を抜き、ただ快楽を感じるだけの人形にされていく。

最後まで、バートンは彼に口づけることはしなかった。

それから、何度も調はバートンと身体を重ねた。

カジュアルなティールームで待ち合わせ、食事をして、苦手なキドニーパイを食べさせられ、彼の家に行くのが週末の日課になりつつあった。

寒々とした部屋に、違和感を覚えるのはいつもだ。

玄関で立ったまま彼のものに突き上げられたこともある。下だけを脱がされて、欲望だけを果たすような扱いをされる。

大切にされているとは思えない扱いをされている自覚はある。

それでも、調はバートンを拒《こば》めない。独りきりの夜を埋めるためだけに会う。

でも、調を抱くのだから、それほど嫌われているのではないと思う。

殆ど口唇を重ねないまま、身体だけを重ねていく。

◇◇◇

「調査結果が出たそうだ。もうすぐ来る」

ヒューに呼び出され、舞台が始まる前、劇場の横のカフェに響は出て行く。

「いいのか？　来てもらって」

「いいんだろう？　来るって言ってるんだから」

ヒューは悪びれた様子もない。

「俺が行くのに。依頼したのはこっちなんだから」

響は遠慮したものの、そんな間もなく調べ終えたと連絡があったのだ。よほど優秀な人物らしい。

「誰に頼んだんだ？　学校関係？」

ヒューの主人のエドワードは、大学で教授職にある。学校関係者に顔も広い。そちらから、調の様子を、簡単に調べたのだと、響は思っていた。

「いや、探偵だ」

「探偵？」

響は驚く。

「大事な弟だろう？　信頼のおける人間に頼むのが当然だ」

「だが」

それほど大げさなことをしているとは思わなかったのだ。

「心配じゃないのか？」

「それはもちろんだが」

「俺もだ。お前が苦しめば、俺もつらい」

さらりとヒューに告げられ、響は顔を赤らめる。

「今から来る奴は、最高の仕事をする。間違った結果は知らせない。探偵としては一流だろうな」

ヒューがそれほど信頼する相手に、響は興味が湧いた。

カランと音がして、カフェの扉が開いた。姿を現した男に、店内の視線が一斉に集まる。

響も目を見開いた。

すらりとした長身は一八〇はゆうにある。抜群にいいスタイルに、トレンチが映《は》える。前を閉めず着崩したような着こなしが、彼の雰囲気に合っている。コートの裾《すそ》をなびかせながら、まっすぐにヒューと響の許にやってくる。抜群に男らしく、格好良い人物だ。

ヒューが片手を上げれば、男は応じるように軽く革手袋を嵌《は》めた手を上げてみせた。片手には封筒を持っている。

仕草も洗練されている。どんな所作をしても、気品に溢れた姿だ。

「こんにちは、はじめまして」

彼は響を見ると、にっこりと微笑みながら日本語で挨拶《あいさつ》する。彼は刻《きざむ》と名乗った。

「え？　彼が」

探偵というより、モデルと言ったほうがいいほどの美丈夫だ。手袋を外した彼に握手を求められて、響の胸が鼓動を速める。初対面だというのに、憧れの人に会ったかのような、緊張と高鳴りを感じる。

「そう。彼に頼んだ」

「久しぶりだな、ヒュー」

刻がヒューに向き直る。

「いつ以来だ？　あそこを辞めて以来だな」

「辞めてって？」

響が思わず疑問を口にしてしまうと、刻が丁寧《ていねい》に答えてくれる。

「以前の職場が一緒だったんですよ」

以前の職場とは…？　訊ねようとすればヒューは刻が口を開くのを遮《さえぎ》る。こういうとき、この男の計り知れぬ過去に畏怖を覚える。

「それで？　響はすぐに劇場に戻らなければならないんだ」

「ああ、分かってる。これだ」

刻は響に封筒を渡した。

「これは？　助手が？」

ヒューが訊ねる。すると、即座に刻が答えた。

「いや、俺だ」

「そうか。ならいい」

ヒューの反応に、刻はニヤリと笑ってみせる。

「俺ももうすぐ、次の依頼者が事務所に来る時間だ。それでは」

「あ、はい。ありがとうございます」

刻に丁寧に頭を下げられ、響は慌てて応える。

「じゃあな」

来たときと同じように、ヒューにあっさりと告げると、刻が去っていく。

久しぶりの再会だろうに、まるで昨日も会っていたかのような別れ方だった。

刻に会ったのはわずかな時間だというのに、その印象は鮮《あざ》やかに胸に刻みつけられる。

彼が去っていくその背にすら、目が釘付けになる。彼は外に車を待たせていた。

助手席側に、一人の男が立って刻を待っていた。刻よりも背が高い、若い男だった。あれが助手かもしれない。助手らしい男も、素晴らしい美貌を持っていた。

刻が乗り込むと、車はすぐに滑り出す。

完全にその姿が見えなくなるまで、響はガラス窓から外を見つめていた。

彼がその場にいた余韻が、まだ残っているようだった。その場に姿がなくても、胸の鼓動が収まらないほどの格好良さは尋常なものではない。

「封筒を開けてみたらどうだ？」

むっとしたようなヒューの一言に、響ははっとなる。封筒に手を掛けようとして、あることに気づく。

「そういえば、報酬とかは？」

「取らなかったんだからいいんじゃないか？」

ヒューに気にした様子はない。友人だからなのか、それとも、何か借りでもあるのか。特別な友人なのだろうか。過去に二人の間に、何かあったのだろうか……？

「だって優秀な人なんだろう？」

「そうかもな。ロンドンで事務所を開いてる。大きな仕事で、金持ちから相当な報酬を取っているらしいから、気にすることもない。自分が気に入る仕事だけ、選んでしてるらしいからな」

探偵事務所をロンドンに構える、それは相当の能力に違いない。本来なら、こんな一介の市民の素行調査など、引き受けたりはしないのかもしれない。

響は中から資料を取り出す。相手の経歴、住所、そして……鮮明に撮られた写真。

確かに、彼は最高の仕事をする探偵らしい。

だからこそ、見たくもない写真を、事実だと分かる瞬間とともに見せつけられる。
それは、響にとって青天の霹靂《へきれき》の、そして最悪の調査結果だった。
「調に、付き合っている男がいるらしい。それが…」
喘ぐように言う響の様子に、ヒューが手元を覗き込む。
アーサー・バートン。
響が会いたくない人間の名前が、そこにあった。

響にとって、それは一番聞きたくない名前だった。
舞台を終え、響は車を急がせる。一体どういう経緯でこんなことになったのか。
バートンはかつて、響を権力で言いなりにしようとした男だ。
彼を拒んだせいで、響は舞台俳優としての道を断たれそうになった。
それを救ってくれたのがヒューだったのだ。
卑劣で恐ろしくて、そして、誰より格好良いエゴイスト。それがバートンだ。
響は卑怯《ひきょう》な行為に、絶対に負けなかった。そして自分の幸せを、手に入れた。

己が心地よい生き方、その代わりに、調が犠牲になっているとしたら。

調を問いただそうと、寄宿舎に向かう。寄宿舎の入口からわずかに離れた陰となった場所に、車が止まっている。嫌な予感がした。

車のドアが開き、バートンが出てくる。そして助手席のドアを開けると、調が出てくる。

調はコートを着ていて、首に上等なマフラーを巻いていた。響が贈ったものではない。

そして、門に入る直前に、バートンが調に贈ったのは、口唇へのキスだった。

(…っ!!)

響は表情を強張らせる。調の姿はそのまま、通用口の中へと消えていく。響は車を寄せると、バートンの立っている場所ぎりぎりに止める。

口唇へのキス、二人が相当親しいと言っていいだろう。しかも、…無断外泊。

恐ろしい予想が、響の脳裏を占める。まさか、既に。

乱暴に降り立つと、大きな音を立てて、ドアを閉める。

バートンが迷惑そうに振り返り、響の姿を目に止め、驚いた顔をする。

「おい…!」

すぐには声にならない。会いたくない相手に、こんな形で会う羽目になるなんて。

「あいつが、誰だか知っているのか!?」

バートンは調が響の弟だと、知らないのかもしれない。そして調は、バートンがどういう人物か、知らないのかもしれない。調ががんとしてバートンの名前を言わず、外泊の理由を教えないから、バートンを問いただす羽目になった。

あの調の様子では、相当バートンに惚れ込んでいると言っていいだろう。名前を言わなかったのは、バートンを庇《かば》おうとしているのだろう。そしてそれは、響が最も恐れていた結果だ。

「ああ」

バートンはあっさりと頷いた。

「お前の弟だろう？　名前で分かった」

響の目の前が暗くなる。

「なぜ？　なぜあいつを？　俺の弟だと知って……！」

言葉にならない。

「お前の弟じゃなかったら、抱いたりはしなかった」

響は絶句する。バートンは調を抱いたのだ。予想していても、事実を口にされれば目の前が暗くなる。そしてもっと、最悪のことを、バートンは告げるのだ。

「あいつを、…愛して…るんじゃないのか？」

せめて、ありえないだろう可能性を口にする。そうでなければ、調がかわいそうだ。

この冷酷で恐ろしい男が、人を愛するわけがない。だが一縷《いちる》の望みを抱いても、いたのだ。本気で、…調を愛しているのではないかと。

「まさか」

心から馬鹿にしたように、バートンが言った。

「あんな幼いのを、本気で愛するわけがないだろう？」

だが、調は多分……。

「少しくらい…」

「ないな」

あっさりとバートンが否定する。やはり、この男は変わらない。調のことなど、何とも思っていないのだ。

「ただ近づいてきたから、抱いてやっただけだ。兄弟揃《そろ》って尻軽だな」

「何っ!!」

響は青ざめる。そしてすぐに身体中の血が、沸騰《ふっとう》するのが分かった。かっとなり、気づいた瞬間、響の腕が出ていた。

ガッと激しい音がした。拳《こぶし》で響はバートンを殴りつける。

はっとなり、響は呆然《ぼうぜん》とする。バートンはまともに、響の拳を受け止めた。避けられたはずなのに、あえて受けたような態度だった。響の拳をくらっても、少しも表情を変えない。

「調が、そんなことをするわけがない」

「だが事実だ。あいつから近づいてきたと言っただろう？」

「嘘だ！」

「嘘じゃない。いつか、俺はお前の執事の舞台を見に行った。失敗を嘲笑《あざわら》ってやろうと思った。そのとき、目の前で小さいのが貧血を起こして倒れた。仕方ないから面倒だったが、介抱してやったんだ。そのときの礼を言いたいとかで会いに来た。迷惑をかけたんだから謝るのは当然だろうな」

「っ！」

響は拳を握り締める。なぜ以前、調から話を聞いたときに、調を助けたという男が誰だか、気づかなかったのだろう。調が言っていたのは、劇場関係者屈指の、……いい男だったからだ。

だがこの男は、いい男じゃない。いい男の反対は、悪い男。自分勝手でエゴイストで、何よりも格好良いこの男だ。

多分、調は純粋に、彼に憧れたのだろう。そしてお礼を言いたいと思って、バートンに会いに行ったのだ。その純粋な気持ちを、バートンは踏みにじったのだ……。

だが、元はと言えば、調がバートンに出会ってしまったのも、響の舞台が原因だ。そして、バートンが調を抱いたのは、響に対する当て付けだ。

調を傷つけた一因が、自分にあるのだと思えば、響の心は暗くなる。

「なぜ、俺が調を抱いたことを知った？　調か？」

「あいつは、お前のことを一言も言わなかった。絶対に口を割らなかった。俺がいくら問いつめても。学校側から無断外泊の連絡をもらって、それで知り合いが調べてくれた」

「へえ、誰にも言わなかったのか？　あいつが？」

バートンは驚いたようだった。

調が絶対に口を割らずに、守ろうとした相手がこんな男だったと思えば、怒りと悔しさが込み上げる。

「俺を傷つけるならいい。だが調だけは傷つけるな！」

「ならば見返りは？」

バートンが近づく。思わず怯《ひる》んだ響の背後に、乗ってきた車があった。後退を阻まれ、逃げ場を失った響に、バートンが迫る。

「俺が本当に抱きたかったのは、お前だ」

そうバートンが言ったとき、響は大きく目を見開く。響の様子がおかしいことが分かったのだろう。バートンが背後を振り返る。

そこには、調が立っていた。腕に大切そうに、何かを抱えている。

「あの…。これ、バートンさんのマフラー、返すのを忘れてたから」

先ほど、調が首に巻いていたマフラーだ。バートンが調に貸したものだったらしい。この男が、調を気遣ったのだろうか。風邪をひかないように、寒くないように。

「あ、あの。ごめんなさい」

調が二人に背を向けると駆け出す。マフラーを返すのも忘れて。

「調…っ!!」

響は心から焦った。引き止めることもできず、響は呆然と立ち尽くす。

微動だにしないバートンの広い背を、青ざめたまま響は見つめていた。

◇◇◇

「今日、通し稽古をするらしいんだ。見に行ってみないか?」

ノーマンが調を誘う。

厳しい規律に縛られた学生寮にはそれほど、楽しみがあるわけではない。だが、学生たちの鬱《うっ》

屈《くっ》した感情を解き放とうと、年に数回のイベントがある。

今回の催《もよお》しは演劇で、立派な講堂とプロさながらの舞台装置を使った舞台は、学生たちも楽しみにしている。

「ごめん。あまり、興味がないから」

「少しくらいいいだろう？　最近付き合いが悪いぞ」

彼は調を立たせる。そして、調はノーマンに無理やり連れ出されてしまう。

気持ちが落ち込んでいる様子の、調を気遣ってのことだろう。

親切で、いい奴だった。生徒や教師からの人望も厚く、学園でも中心的な人物だ。

その彼がなぜ、調をこんなふうに構うのか、調は分からない。

「さすがに、本格的だな」

講堂では、休む間を惜しんで学生たちが立ち働いていた。

本物の舞台裏を見てしまった後だと、要領が悪いように見えるのは否めない。

今の調にとって、舞台を見るのは苦痛だった。舞台はバートンを、思い出させるから。

（……）

調はそっと、掌を握り締める。

二度と、バートンには会えないだろう。

バートンは、調に会うことを、望んではいない。調自身に、興味はなかったのだから。

彼が会おうとしないのなら、調に会う理由はもうない。

まさかバートンが、兄にそんな卑劣な仕打ちをした人物だったとは思わなかった。

だがそれは、兄に惚れていたからだ。それは、調だから分かる。兄は分かってはいなくても。

それは報われない立場にいる者同士だからかもしれない。

兄を苦しめた人物に、本来なら憤《いきどお》り、許せないと思うのが筋だろう。けれど、調にはバートンの気持ちがよく分かった。

調が憧れてやまない兄、誰よりも格好良くて正義感が強くて、何でもできて輝いている兄。

兄はすべての人々を惹《ひ》きつける魅力に溢れている。

だが時に、輝きすぎる光は、周囲をかすませる。兄の光に照らされ、調は影になった。

響の影という立場から、抜け出したかった。

調を心配し、愛してくれる兄なのに、その兄に逆らってみたかった。兄の影という立場でいるのに疲れたのかもしれない。誰もが皆、兄を愛する。愛されない人間の気持ちなど、分からないと反発しても、自分が幸せになれるわけではないのに。

バートンは酔って抱いた自分に、同情してくれたのかもしれない。

分かってはいても、彼の時折見せる寂しさに、調の心は惹きつけられた。心の奥底で通じ合う何かを、調は感じていたような気がする。

バートンも同じような気持ちを、抱いているものだと期待した。

最初は、好かれているのかと期待した。だから、彼に抱かれるのも、嫌ではなかった。

けれど、響と彼のやり取りで、なぜ彼が自分程度を相手にしていたのか、知ったのだ。

バートンは、調を響への当て付けで、抱いていたのだ。

響の弟。

調の存在は所詮、その程度だ。

いつも、そうだ。

自分だけを見てくれて、認めてくれる人は誰もいない。

バートンは調を響の身代わりとして、抱いていたのだ。

調が一番望んでいた、調自身を認めてくれる人に巡《めぐ》り合えること。けれど、それは一番つらい方法で裏切られた。

バートンが欲しかったのは調ではない。響であって、調は響の代替物でしかなかったのだ。響を手に入れられないから、身近にいた代わりの手軽な人物に過ぎなかったのだ。

……こんな結末を迎えるとは、思わなかった。

所詮、兄には敵わないのだ……。

「緞帳《どんちょう》！　何やってる！」

この舞台の監督役を担《にな》っているクラスメイトのジュードが、大きな声を張り上げる。怒られた学生は、口唇を尖らせる。

「そんなこと言われたってさ」

「おい、どうしたんだ？」

ノーマンがジュードに声を掛ける。雰囲気が悪くなりそうな張りつめた緊張が、一気に和《なご》やかになる。

「大変さ。もう大詰めなのに、スケジュールが押していてね」

ジュードは頭が痛いといった様子だ。ジュードとノーマンは気の置けない仲らしい。

「大丈夫か？　あんなふうに叱りつけて」

恨みを買ったりはしないのかと、仲がいいからこそ、ノーマンが心配してみせる。

「ああ。厳しくしないと、怪我をするのは奴らだからな」

「怪我？」

調は訊ねた。

「そうだ」

ジュードは答えた。

「緞帳が落ちてきて、その下敷きになったらどうする？　厳しくして緊張感を与えることによって、防げることもある。今は大道具や迫《せり》も使ってる。こういう場合は特に危ないんだ。だからわざと、厳しくしてる」

怪我をさせないように。

——迫があるのは分かってるだろう！　なぜ覚えておかない!?

今と同じような光景を、調は覚えている。

叱りつけられ、恐ろしげにバートンを見つめたり、不満そうだった俳優たち……。

「それより何の用だ？　ノーマン」

「別に。ちょっと気分転換に、彼を連れ出しただけ」

「だったらさっさと帰れ」

ジュードが邪険に言った。

「帰れってのは酷い言い草だな。お前を激励しにも来たってのに」

「違う。舞台ってのは道具も照明も扱う。今は照明の調節もしてるし、ライトの場所も変えて設置してる。大きな道具を持って立ち歩く奴らは前が見えてない。ぶつかって怪我をしたらどうする？」

ジュードは初めて笑った。

「大事なお前だからこそ、怪我をさせたくないんだ。だから、練習中にはあまり、ここには人を入れないようにしてる」

——さっさと帰るんだ。リチャード、出口に連れて行け。

調の動きが止まる。

「どうした？　調」

動きを止めた調の様子を、ノーマンが心配そうに窺う。

バートンが愛しているのは、響だ。

忘れたほうがいい。身を引いたほうがいい。

けれど、調が会いに行かなければきっと、二度とバートンには会えない。

二度と、会えない。

調が、行かなければ。

調は暫く、その場に立ち竦んでいた。

◇◇◇

もう二度と、調がバートンに会うことはないだろう。バートンが調を抱いていた本当の理由を、調は知ったのだから。バートンはソファに横になりながら、スコッチを傾ける。バーボンは飲まない。

傍《かたわ》らには脱ぎ捨てたコートがある。ネクタイを解き乱れた格好は、寛《くつろ》ぐというより意欲をなくした男に見える。

最近、酒量が増えた気がする。酒に逃げ、気を紛らわせても、根本的な解決にはならない。逃げているだけかもしれない。

床には雑誌が散乱していた。タブロイド誌は金を払えば、どんな記事だって書く。人はいい加減なものだ。情報や噂に踊らされ、面白くもない映画だって、宣伝料さえ高ければ興行収益を上げる。

俳優は自分の役に集中していればいい。だが、バートンは責任を負わされる立場だ。結果を出さなければならない。だから、優能で優秀な俳優を使わねばならない。だから、響を手に入れたかった。けれどそれは敵わない。

こんな夜、たった一人にされた晩のことを思い出す。皮肉にも、バートンを一人にする原因となったもの、それを仕事に、バートンはしている。

たとえ退屈しのぎでも、当て付けでも、調の存在は一時の意欲にはなった。彼がいないことで、こんなにもつまらなく、味気ない想いを味わわされるとは、思ってもみなかった。

その理由は分かっている。だがそれを認めることができないでいる。

あんな取るに足らない人間を一人傷つけたせいで、こんな気持ちを味わうなど。

『見返りは？』

響に対して告げたものの、そんな気持ちはなかった。単に彼を、困らせたかっただけだ。

わざと酷い態度を取った。あえて憎まれるよう、演じてみせた。

結果として、調を響への当て付けで抱いていたことを、調に知らせてしまった。

響の面影を探しながら、調を抱いていた。身代わりで抱いていたことを、調に知られてしまったのだ。

そんなのはどうでもいいことのはずだ。なのにどうして、今回だけはそう思えないのだろう。

八方塞がりだ。

バートンは周囲を見渡す。がらんとした部屋は、寒々しく見える。

生活をきちんとしてこなかったつけだ。

バートンの許には何も残ってはいない。周囲は今のバートンの立場を羨むだろう。だが、実際バートンを取り巻くのは、バートンの生み出す利権に群がる仕事の関係者と、バートンの名声を利用しようとする友人とも呼べない連中と、こうして、…気持ちが塞いだときに抱き合う相手もいない夜だ。

友人というものは、そのときの状況や、都合のよさで繫がっていることが多いものだ。バートンの実力が認められるほどに、昔からの友人たちは去っていった。同じ夢を抱いている間は、仲間だと思っていたのに、一人抜きん出たバートンを、友人たちは許せなかったらしい。

バートンは友人たちのために、心を砕き、仕事で協力もしていたのに。彼らは認められ始めたバートンを応援しようとはしなかった。それどころか、妬み、アイデアを盗まれ、中傷をばらまかれたことだってある。悪意ある噂を流し、相手を貶《おとし》めることによって自分の地位を相対的に高めようとする行動は、どこでもよく見られるものだ。だが悪口や噂を楽しむ人間も彼らと同類だ。所詮、どの世界でも、仕事を取るのに誰も必死だ。自分の身を守るために、手のひらを返したような対応をする輩を、バートンは何人も見てきた。

力のある演出家、もっと力のある監督、彼らを怒らせまいと、彼らに媚《こび》を売ろうと、彼らが機嫌を損ねそうな要因は、すべてバートンのせいにされたこともある。保身のためにバートン一人を悪者にする。そして面白がってマスコミの餌食《えじき》にされる。人の足を引っ張るのを、何とも思わない輩が、上へと上りつめていく。

自分の能力だけで評価されるものでもない。力のある演出家といえども所詮、もっと力のあるスポンサーに食い散らかされるだけだ。

まだ、兄弟や家族がいる人間はましかもしれない。たとえ離れていても、どこかで気持ちの支えになっている。たとえ、喧嘩《けんか》をしていたとしても、存在しているというだけで、安心感に繋がる。だが、バートンにはそれがない。まるきり独りという存在は、社会に出ていなければ忘れ去られるという恐怖感を生む。だがそれも、仕事で認められているうちだ。自分一人いなくなっても、誰も気づかない。そんな不安定であやふやな自分を、精一杯生きるしかない。

それが、独りというものだ。無我夢中で走っているうちはいい。だが時に不安が、こんな夜に顔を出す。

ふいに、つけっぱなしのテレビから、甲高い女の声が聞こえた。

『ええ、びっくりしましたわ。前からあの人って、そういうことを、しそうだと思ってたんですの』

ニュースでは、マイクを向けられた女性が、インタビューに答えている。憤慨《ふんがい》した様子で、自分こそが正義だと言いたげな態度だ。どうやら、事件の容疑者の、近所の人間らしい。

「ふん……」

バートンは鼻を鳴らした。その事件の後、すぐにテレビは昔の冤罪《えんざい》事件の無罪判決を、報道していた。

『ええ、ずっと無実だと信じてましたわ』

また、別の女性がインタビューに答えている。近所の人間というテロップが入る。軽薄そうな女性だった。テレビに映るのが嬉しくてたまらない様子が窺える。

馬鹿馬鹿しくて反吐《へど》が出る。

本当に人というものは、気が変わりやすく適当で、いい加減なものだ。

彼女はきっと、事件が起こったときは『前からそういうことをしそうだと思っていたわ』、そう記者に答えていたに違いない。

正義なんて所詮この世には存在しない。あるのは、力を持った人間が勝つだけの条理で、それが正義になっていくだけの理不尽な社会だ。

ふと、インターフォンが鳴った。

(誰だ?　こんな夜に)

もうずっと、バートンの家を訪ねる人間はいない。仕事が欲しい女優の、相手をしてやる気持ちも今は湧かない。利用されているだけ、それは虚しいものだ。

仕事だけに支配された人生、心を許して、すべてを信じられる存在を、作らなかった自分に気づかされる。人を、信じられないでいる自分にも。

「はい?」

起き上がるのすら、億劫《おっくう》だった。気持ちを奮《ふる》い起こし、相手を訊ねる。家や生活といったものに、バートンは興味はなかった。ただ、仕事漬けの毎日だった。

生活する空間を、楽しむわけでもない。殺風景な部屋は、引っ越し以来、家具も増えない。寝に帰るだけで十分だったから、特に屋敷に住みたいとも思わない。ただ、仕事ができるだけでは、バートンにとっては虚しさしか得られないと気づき始めたのは……。

寝食を忘れ、熱中できるほど好きな仕事に巡り合えるのも一つの幸せだろう。けれどバートンは好きで今の仕事を選んだわけではない。

『あの、……調です』

バートンは耳を疑った。もう一度、カメラを見る。どう見ても、調だ。

「今、開ける」

オートロックを解除する。暫くすると、階段を上って、バートンの部屋の前のインターフォンが鳴る。ドアを開けてやれば、そこには本当に、調が立っていた。

「なぜ来た？」

中には通さない。扉は閉めても、玄関に立たせたまま、バートンは応じる。

「あの」

調が鞄《かばん》の中から紙袋を取り出す。中からマフラーが顔を出す。苦い色だ。

「この間、マフラーをお借りしたから。返そうと思って、届けに来ました」

「他には？」

「他にって」

「何か欲しいものがあるのか？　金か？」

バートンの周りには、彼を利用することしか考えない人間しかいない。彼を奪ったことを、マスコミに言うというのなら言えばいい。慰謝料や口止め料を請求するというのなら、そうすればいい。

そう告げれば、調は驚いたようだった。

「……いいえ」

小さく、けれどきっぱりと調が告げる。傷ついたように目を伏せる。

バートンの胸が、ちくりと棘が刺さったように痛む。バートンにこんな想いを味わわせるのは、調が初めてだった。

「だったら、何のために来た？」

「あなたに」

調が顔を上げる。まっすぐにバートンを見つめる。

「会いたくて」

ドキリ、とバートンの胸が鳴った。澄んだ瞳に、バートンが映っている。

「聞いていたんだろう?」

この間、バートンが響に告げた言葉を。そう含めば、調がコクリと頷く。

胸の痛みが強くなる。

調のコートの下に、制服が覗く。年端もゆかぬ彼を、バートンは傷つけたのだ。

どれほどの思いで、バートンの言葉を、調は聞いていたのだろう。

「聞いていたのに来るなんて、馬鹿な奴だな」

バートンは吐き捨てる。

本当は、こんな言葉を告げるつもりはなかった。だが、罪悪感……といったものがその言葉を吐かせた。そうでなければ、苦しさに、押しつぶされてしまいそうだったからだ。

バートンが本当に惚れていたのは、響だ。凛《りん》とした、何者にも媚びない潔《いさぎよ》さに、バートンは惚れていた。だが、初めて心を揺さぶられた相手を取り巻くのは、誰にでも足を開くという醜聞《しゅうぶん》だった。それが彼の美貌を妬むやっかみと、足を引っ張るための策略だと知ったのは、彼を誘った後だった。

誰にでも足を開くと言われた彼が、バートンにだけは絶対になびかなかったのが、悔しかったのだ。だからこそ、彼を憎んだ。

結果として、響は本当に愛する人を、見つけてしまった……。

――あの役が欲しいの。

そのために、バートンを傷つけることも厭《いと》わない。

俳優や女優は皆、そうだと思っていた。だが、初めて、それに逆らったのは、響だったのだ。

それはバートンには新鮮な驚きだった。

役者を目指す者に、役よりも大切なものがあると、きっぱりと断った人間がいることに。

あれほど罵《ののし》ったというのに、調には傷ついた様子はない。

もう二度と、調には会わないと思った。それが調にとってもいいことだと、諦めと覚悟を抱いた。それは、調に対するせめてもの、罪滅ぼしだ。

だが、実際はこうして、調に向き合っている。

「帰るんだ。プライドがあるというのならな」

マフラーを受け取ると、バートンは調を突き放す。そうしないと、自分の弱さに負けてしまう。よりによって、こんな、そばに誰かにいて欲しいと思うような夜に来るな。調でなくてもいい、誰でもいいから、そばにいて欲しいと思うような夜に。

響同様、利権のためだけにではなく動こうとする人間が、ここにもう一人いる。

「それでも、あなたのそばに、いたい」

調が、告げる。

(――…っ)

バートンの中を、何かが突き抜けた。

「抱かれるのも込みで?」

自分のそばにいるということは、そういうことだ。意地悪く告げる。若さ故の無鉄砲さというのだろうか。とうにバートンが忘れ去ったものだ。

すると、調は頷いたのだ。

「今日は、が…外泊許可をちゃんと取ってきましたから」

俯いたままの調の耳が、赤く染まっていた。突き上げる衝動、それにつける名前を、バートンは知らない。

◇◇◇ Lesson3 : interval

バートンは今日発売されたばかりの雑誌を、手の中で握りつぶした。

――今日はその女優の命日、…バートンの母親は、元女優のクリスティーン、演技力は三流。現役中殆《ほとん》ど役に恵まれなかったが、一、二度主役に抜擢《ばってき》されたことがある。ただそこには、監督と通じていたという黒い噂も……。

くだらない記事だ。

「大丈夫か？」

「リチャード」

バートンに声を掛けたのは、音楽監督を務めるリチャードだ。彼の能力に、バートンは一目置いている。

「卑怯《ひきょう》なことをするよな。このタイミング、例のプロデューサーがやったんじゃないか？　ほら、お前の名前を勝手に使ったことがあっただろう？　承諾してないのに、後から無理やり仕事をさせようとして。それに抗議した嫌がらせじゃないか？」

「根拠のないことは言うな」

バートンは彼をたしなめる。明るい雰囲気の彼は、饒舌《じょうぜつ》な男でもあった。

「分かってるさ。でも、あのプロデューサーは、最初に提示した約束と報酬が違ったり、報酬を振り込まなかったり、いい加減で舞台関係者を馬鹿にしているところがあったじゃないか」

約束を違《たが》える。ビジネスパートナーとして、一番信用がならない相手だ。だから、バートンは仕事を断ったのだが、それがプロデューサーは気に食わなかったらしい。

「お前の名前も勝手に使って、アーサー・バートンも絶賛した舞台、とか宣伝をうったこともあるだろう？　お前も後から挨拶《あいさつ》に来るパーティーを開くって言って。金を集めておいて観客はがっかりしたろうな。お前が来ないんだから」

「ああ」

他の監督や演出家ならばそんな扱いはされなかっただろう。例えば、老齢の重鎮《じゅうちん》と呼ばれる連中ならば。結局、人を見られたのだ。バートンならばそういうことをしてもいいと、軽く扱われたのだ。理不尽なことを断るのには勇気がいる。だが、演劇の世界全体を向上させるには、必要なことだ。けれど、演劇の世界で働く人々のための行動も、彼らに理解されることはない。

「今さら泣きついてきて、断ったら逆恨みされる。まったくやってられないよな」

リチャードが、バートンの代わりにあきれた溜息をつく。

いざというとき味方になって欲しいと頼んでも、人が動かなければ今までの己の行動を振り返ればいい。

「例のプロデューサーに使われてる役者は、かわいそうだろうな。でも観客は気づかないんだろうな」

真実は、力ある者に歪《ゆが》められる。

そう、響《ひびき》に対してバートンがしたように。

響。彼に似た、ある存在を、バートンは思い出す。

憂《う》さを晴らすのに利用するには、格好の存在だった。

わざわざロンドンから彼の許に行くのが面倒だったが。

そう思うときに限って、調《しらべ》になかなか連絡がつかない。

やっと調に会えたのは、前回彼を抱いてから大分経ってからだった。


「あの、久しぶりです」

「なぜ連絡してすぐに来ない？　別に今は、試験期間中でもないだろう？」

バートンは軽い苛立ちを覚えた。一人の部屋、いつもは何も感じないのに、調が来るようになってからは、静まり返ったその部屋が、妙に孤独を感じさせる。

彼の手元に、小さな花束があるのに気づく。よりによって、バートンが大嫌いな薔薇《ばら》の花束だ。

「何だこれは？」

「その。雑誌のプロフィール欄で、…今日が誕生日だって書いてあったから」

バートン自身も言われてやっと気づく。

そんな日は、とっくに忘れていた。誕生日を祝うのも忘れるほど、仕事に忙殺《ぼうさつ》されていたから。

バートンにとって誕生日は、賞を取った苦い日でしかない。忘れたい日でしかない。

「来るんだ」

「あ…っ！」

強引に手を引く。

「さっさとベッドに行け」

調はコクリと頷く。そして、憂さを晴らすように彼を抱いた。

◇◇◇

バートンはずっと、不機嫌そうだった。

苛立ちを隠さずに、調を貫く。

けれど、彼が行為を終え、寝室を出て行くと、たまらない寂しさが、調の胸に流れ込んでくる。

一人シーツの上に身体を横たえ、彼のいなくなった場所を、指先で辿《たど》る。

それは調が目を覚ましたとき、既《すで》に冷たくなっていた。

もう大分、経っているらしい。行為が終われば、調のことは放ったらかしだ。

彼の寝ていた場所は冷たくなっていたけれど、調の上にだけ、毛布が幾重にも掛けられていた。

寝室を、調は見回す。

そこには、ベッドしかない。

必要最低限のものしか、置かれていない。

（…あ）

ふと、以前感じた違和感の理由に気づく。

写真も、トロフィーも、絵も、…舞台に繋《つな》がるものが、この家にはないのだ。

この家を訪れて、バートンが舞台関係者だと気づく者はいないだろう。

仕事をしていれば、一つや二つくらい、仕事関係のものが置かれるはずだ。

ないということは、あえて、バートンが削除しているということに他ならない。

（舞台のものを、全部捨てて…？）

調は軋《きし》む身体を起こす。

舞台人として、成功しているのに、なぜか家には舞台の匂いをさせないバートン……。

（なぜ？）

初めて、調は彼のもっと深い部分——彼を恐ろしげに見せる表情の理由に興味が湧いた。

憧《あこが》れだけではなく。

舞台人というバートンの一面だけではなく、調を助けてくれた面も持つバートンと、そして、…なぜ彼が、今のような彼になったのかということに。

一人の男としての彼を、知りたい。

調は床に落ちたシャツを拾うと、ゆっくりと寝室を出て行った。

◇◇◇

調を一人寝室に残したまま、バートンはリビングのソファに座っていた。

彼を抱いていても、心は晴れない。

——今日はその女優の命日、…バートンの母親は、元女優のクリスティーン、演技力は三流。現役中殆ど役に恵まれなかったが、一、二度主役に抜擢されたことがある。ただそこには、監督と通じていたという黒い噂も……。

物音がして、背後を振り返る。調が立っていた。

「起きたのか？」

「はい」

「待ってろ」

服を貸してやると、カーディガンを着せかけてやる。

部屋は十分に暖かい。ケトルに水を入れ、スイッチを入れてお湯を沸かす。

「あの、自分で」

「いい」

調が隣に座る。お湯が沸くまでの時間、何も話さず、時間が流れていく。

お湯が沸くと、バートンは紅茶を淹《い》れ、彼の前に置いてやる。

調の持つカップから、湯気が立ち上る。今までこの部屋に来る人間には、わざわざお湯を沸かして、葉を用意して紅茶を淹れてやろうとは思わなかった。ポット型のケトルはお湯を入れてスイッチを押せば、ものの一分もしないで沸くけれども。

ワインセラーからボトルを出し、栓を抜いてグラスに注ぐほうが、紅茶を淹れるよりずっと簡単だ。だが、調に酒を飲ませるわけにはいかない。

こういうとき、まだ彼が、自分よりずっと年下なのだと自覚させられる。なのに彼を組み敷いたのは、響に対する当て付けだ。酔っていなければ、彼に手を出したりはしなかった。

調に対してしたことの責任を、響に転嫁《てんか》しそうになる。自己を正当化する言い訳を、他者に押しつけるのは卑怯だ。自分が悪いんじゃない、あいつのせいだ……、そんな卑怯な気持ちを抱く時間は人の心を汚す。不幸な人間が、不幸である自分を、その程度の器《うつわ》だと認めたくはなくて、幸福な人間を貶《おとし》めようとするのは最低の手法だ。

調にちらりと目をやる。バートンの視線に気づかないで、カップのお茶を美味しそうに啜《すす》っている。その様子は酷く可愛らしい。

「疲れてます？　何か、あったんですか？」

調が心配げに声を掛ける。愛もなく抱いたというのに、調はバートンを気遣う。

それはもう、彼の性質というものなのかもしれない。

たとえ嫌いな相手でも、悪い奴でも、その相手が沈んでいれば、調はまず、心配するのだろう。間違っても、その相手の不幸を、嘲笑《あざわら》ったりはしないに違いない。

嘲笑うという行為は、いつか己に返ってくる。そして相手を嘲笑ったからといって、自分が幸せになれるわけではない。

「何もないさ」

——何もない。

自分の許には、何もないのだ。

夢も未来も、希望も。

苦味が込み上げる。調を抱いても、晴れるものではない。

仕事で成功するほどに、煩わしいことも増える。

自分は、何が幸せで生きているのだろう。

調と出会って初めて、バートンは自分が本当に欲しいものは何か、自分の幸せとは何か、考えさせられたのだ。

バートンのほうが物質的には恵まれていると言っていい。だが、心は空虚だ。幸せとは感じられない日々を、送っていると言えるかもしれない。

なぜ不幸なのだろう。幸せと、感じられないのだろう。

夢も、夢中になれるものも、…愛する相手もいないからだ。

今の自分には、将来の目標がない。日々の忙しさに紛れ、一〇年後の自分を考える余裕すらない。スポンサーに利用され、将来を考える時間もないほどに酷使される。利益を生み出すだけの家畜のようだ。

調のまっすぐな瞳が、バートンの胸を射貫《いぬ》く。

心からの心配を、向けているようにも見える。

だがそれを信じられないでいる自分への嫌悪が込み上げる。

調の足元に、バートンが握りつぶした記事が見えた。

——その女優の命日で……。

バートンの眼が険しくなる。苛立ちが、酷くなる。

バートンは未来を見ることを、してこなかった。

楽しみも、何も、舞台には感じられない。

バートンが舞台を志《こころざ》した本当の理由は……。

「この雑誌、見てもいいですか？　バートンさんは有名な監督さんだから。載ってらっしゃるんですか？」

「やめろ」

バートンは調からそれを取り上げる。調は、驚いたようだった。

彼の目が、バートンを責めているように見える。

バートンの立場を羨《うらや》み、責める目を思い出す。バートンという人間が、正しく理解されることはない。

「有名な舞台監督？　恵まれている？　ふん、監督なんてものは所詮《しょせん》単なる便利屋だ。スポンサーや力のあるプロデューサーの意向で、作りたい舞台なんて、簡単に変えさせられる」

その舞台がつまらなければ、監督や演出家のせいにされる。新人の頃、提示された報酬の半分しかもらえなかったこともある。いいように安くこき使われて、それに従わなければ使い捨てだ。

少し評判が高くなれば、他の連中に足を引っ張られる。スポンサーの気に入りの役者の名を上げるために、その役者を無理やり使わされたこともある。

舞台は一人の努力だけでは成り立たない。周囲の協力や一緒に頑張ろうという気持ちすら得られない中で、孤独な戦いを強《し》いられる。周囲はバートンを利用することしか考えない。

「そんなことはないと思います。バートンさんの舞台は、素晴らしいと思います」

さすがに、調は驚いたのだろう。同情でそんなことを言ってみせる。

「お前に何が分かる！」

調がはっと口を閉ざした。

「ごめんなさい」

「謝らなくていい」

こんなのはやつあたりだ。調には何の罪もない。

そうだ。最初から彼に何の罪もないことなど、分かっているではないか。

なのに彼を抱いた。響のことも、無理やり奪おうとした。

舞台を、監督という仕事を憎みながら、自分は憎んだ相手と同じことをしている。

次第に、感情が高ぶっていく。こんなふうに感情を露《あらわ》にしてしまうことなど、初めてだった。

今までの空虚さが、一気に押し寄せてくる。

「俺には何も残っていない。なのに何を欲しがる？　俺からこれ以上、何を奪おうとする？」

奪ったから、奪われるのかもしれない。奪おうとしたから、何も摑《つか》めないのかもしれない。

「バートンさん…」

バートンの剣幕《けんまく》に、調は驚いたようだった。

「役者だって、俺に近づくのは、役が欲しいからだ。俺自身を利用したいからだ。馬鹿な奴だ。寝たら役をやるなんて、監督ごときの単なる口約束を信じて。あの女は……」

——あなたさえいなければ、あの役をやれたのに。邪魔なのよ……。

いつもバートンは邪魔にされるだけだった。

誰にも必要とされない。バートン本人を必要とされたことなんてない。

最も憎むべき相手と、同じ方法で、響は仕事を取っていると聞いた。だから、余計に許せなかった。

だが。

こんなことを調に言っても仕方がないことだ。それに、今さら口にしても仕方がないことだ。

——ごめんなさいね。賞を獲ったのね。おめでとう……。一度、会えないかしら。

賞を獲った日に、その女はバートンに花を贈ってきた。バートンはもちろん、すぐに捨てた。

「あの、一体……」

調が戸惑っている。けれどもう、一度高ぶった心は止められなかった。

「俺の母親は女優だった。役を取るために、監督を家に連れてきて、子供の俺を外に行かせている間に、そいつと寝ていた。役を取るために、俺を捨てて監督の許に走った。だが結局、ろくでもない役しかもらえずに死んだ」

それを吐露《とろ》してしまったのは、どうかしていたのかもしれない。

なぜか、調の前で、バートンは告げていた。

「バートンさん……っ」

調が目を見開く。

調が悲痛な声を出す。同情や憐《あわ》れみなど、いらない。

「俺の舞台が素晴らしいか？　俺は舞台を作ってきてよかったと思ったことなど一度もない！」

ずっと抱いていた憎しみが顔を出す。

「お前は俺の一番嫌な部分を思い出させる！」

調に対する後悔は、昔の後悔を増幅させる。

「馬鹿馬鹿しい」

バートンにとって舞台の仕事は、…母への復讐というものだったかもしれない。

バートンがなぜ、響を、そして調にここまで執着したのか。

響を取り巻く噂や状況が、あの女に似ていたからだ。一番バートンが憎んでいた出来事だ。

「俺がこの仕事についたのは、あいつらへの復讐だ。そんな仕事が楽しめるはずがない。演劇の世界で力を得て、嘲笑ってやろうと思った。俺が初めて賞を獲った夜、あいつは花束を贈ってきた。会いたいと言っていた。俺はすぐに捨てた。もちろん、会いにも行かなかった。その夜、――母親は死んだ。俺が捨てた花束は、最後に彼女が病院から寄こしたものだったんだ」

ふと、温かいものがバートンを包み込む。

何も言わずに、調がバートンを抱き締めていた。細い腕が、必死でバートンにしがみつく。

バートンがカードを読んだのは、病院から連絡をもらった後だった。

――ごめんなさいね。

その言葉が書かれていることに気づいたのは、彼女が既にこの世界からいなくなってからだった。

身体で役を取る人間を、バートンは憎んでいた……。

それから、暫《しばら》くの間、調はずっと、バートンのそばにいた。バートンの気持ちが落ち着くまで、ずっと。

凍えそうなほどに冷えたバートンの心に、彼のぬくもりが染み込んでいく。

どのくらいの時間が経ったのかも分からない。

人肌のぬくもり、それがこんなにも温かいのだと気づいた頃、調は言った。

今までの、バートンを見るのとは、違う目をしていた。

何かに気づいたような目をして、そしてその目は覚悟を宿していた。

「好きです」

（…っ）

「そのままのバートンさんが、…僕は好きです」

今のままのバートンを好きだと言ったのは、調一人だった。

自分自身を殺したいほど憎んでいるのに、そんなバートンを調は好きだという。ありのままのバートンを受け止めようとする。

バートンは響を好きだったと、調は知ったというのに。

「なぜこんな俺が好きなんだ？　殺したいほど、俺は自分が憎いというのに」

自信のない、こんな言葉を吐く羽目になるとは。調の前では調子が狂う。

自分のことが好きになれないのに、人を愛することができるはずがない。自分が幸せではないのに、人を幸せにすることなんてできない。

響は今頃、幸せな夜を恋人と過ごしているのだろう。人の幸せに嫉妬《しっと》するのは、醜《みにく》い感情だ。

自分を嫌いだと吐き捨てるバートンに、調は告げる。

「でも僕にはあなたが必要ですから。あなたは僕にとっての、唯一無二《ゆいいつむに》の人だから。あなたの代わりは僕には誰もいません」

調が必死で言葉を紡ぐ。

利権目的以外で初めて、バートンを調は選ぼうとする。

唯一無二の、誰の代わりにもならない人。

バートンに絡む利権ではなく、バートン自身を、見つめてくれる人。

バートン本人を、認めてくれる人。

自分を、一番必要としてくれる人間がたった一人でもいること、その幸せを、調が叶えようとする。胸に突き刺さったままの棘《とげ》を、溶かそうとする。

それは、バートンにとって、恐ろしいことだった。自分が、変わってしまうかもしれない。

「今日は帰れ」

「帰りません。そばに、いさせてください」

朝まで。

バートンの深い部分に、調が切り込む。浮かぶ感情の正体に気づくのが恐ろしくて、バートンは調の手を引き剝《は》がした。

自己嫌悪に、どうにかなってしまいそうだった。

けれど、調は振りほどかれた腕をもう一度バートンに絡め、必死でしがみつこうとする。

「本当に、おめでたい奴だ。俺みたいな最低の男から、馬鹿にされているというのに」

馬鹿にされた扱い、バートンならば耐えられない。自分のことを好きでもない相手に利用され、いいように扱われているだけだ。しがみつく調の腕を取ると、両腕を摑み、正面から彼を見据える。

「お前はそれで幸せなのか？　俺はお前を好きじゃない」

はっきりと告げる。残酷な言葉だと思う。抱いた相手に、ここまで酷い言葉を、投げつけたことはなかった。抱き合った相手に対する、礼儀くらいは弁《わきま》えている。

言いながら、言葉の残酷さにバートン自身が傷つく。それほど、酷い言葉だ。

「…自分の幸せは、自分で作るものだと思うから。人に作ってもらうものじゃないと、思いますから。だから、いいんです」

調が言った。幸せを、自分で作り出しているから、それでいいのだと。

調がまっすぐに見つめ返してくる。

「バートンさんは？」

バートンの幸せは、何だろう。

それが見つけ出せないから、毎日に充実感がないのだ。生きているという実感がない。

「なぜこんな悪い男のそばにいたいと思える？」

答えられないから、質問で誤魔化《ごまか》す。

バートンに近づくのは皆、己の利益が一番だという者ばかりだ。人は自分に都合のいい人間が好きだ。都合に合わなければ、途端《とたん》に嫌な奴にされる。身勝手なものだ。特に権力を握ったと、勘違いした輩《やから》は。

それは背後の資金力によるものであって、その人間の能力ではないのに。

「あなたがまだ、僕を兄の弟だと知らないで接してくれていた頃、優しかった。それがあなたの本当の姿だと、思うから」

バートンは息を詰まらせる。こんなふうに、無防備に向かい合われることに、バートンは慣れていない。心から、自分を愛してくれた人間など、いないからだ。愛されたことのない人生が、猜疑心《さいぎしん》を抱かせる。心から愛されるには、自分も人を心から愛すればいい。だがそれができない。心から愛しても、その先に待つのは、手酷い裏切りだけだ。それが、バートンが生きてきた世界だ。

「俺はお前の兄につらい仕打ちをした男だ。そんな男を好きだなんて、兄を裏切ってもいいのか？」

バートンは調を好きではないと告げたのだ。今も好きだと言われても、調に何の返事もしてやれない。しかも、彼の目前で、彼の兄を口説くという最悪の方法で、彼を傷つけたのだ。

「でも、今はあなたのほうが、兄さんより傷ついているから」

澄んだ瞳が、バートンを見つめる。

「それに、傷ついて落ち込んでばかりいても、自棄《やけ》になってばかりいても、いつまでもそうしていては何にもならないから」

調が言った。彼はつらい何かを、それを乗り越えた経験があるのだろうか？

「それだったら少しでも、前向きになれる、誇りを持てる自分になりたい。落ち込む時間を、そのために使いたい」

幸せを掴むために。

調の気持ちが、バートンの胸を揺さぶる。

「お前の兄を好きだった男だぞ？」

調は、決意したようにバートンに言った。

「努力してもっと綺麗《きれい》になって、あなたに相応《ふさわ》しい人になりたい。絶対に兄さんより綺麗になってみせるから。だから、いつかそのときに」

振り向いて欲しい。

彼なりの精一杯の言葉で告げようとする。

バートンは今まで、奪う愛しか思いつかなかった。

だが、調の必死さが、バートンの心を癒そうとする。癒す愛もあるのだと気づかされる。

磨《みが》こうと努力すれば、どんな容姿も光るだろう。

調の容姿だ。もしかしたら、——響よりも美しくなるかもしれない。

できるできないは関係ない。才能があるないも関係ない。

やり遂《と》げること、やり続けること、やるという意志、その一念だけだ。

悩むだけではなく、一歩前に進む行動を、調は起こした。

調は、自分で決断し、バートンの許に来たのだ。ただまっすぐに迷わずに。自分で選んでいるから、後悔のない前向きな気持ちでいられるのだろう。

「今は、兄を好きでもいいから。いつか兄より綺麗になるから、だから、その時、僕のことも見てください」

調が息を吸い込む。

「いつか、兄よりもっと、綺麗になるから」

そう、調が告げる。

肌理《きめ》の細かいみずみずしい肌、長い睫毛《まつげ》に黒目がちの瞳、柔らかい口唇、……今でも十分愛らしい。彼だけでも十二分に美しい存在だ。彼のような人間を探そうとすれば、それは骨が折れることに違いない。だが、比べる相手が悪すぎる。響が極上の部類に入る人間だからだ。

今の調ならば、響が隣に立てば、どうしても見劣りがするだろう。調を選ぶか否かは、あとは好みの問題だ。

ずい分、分が悪い勝負を、挑《いど》んだものだ。あの響に負けないような、人間になるなど。

「いつ？」

戯《たわむ》れに問いかけてみれば、調は逡巡して言った。

「高校を卒業…はまだ無理かもしれないから、大学を卒業…くらいだったらどうですか？」

一生、無理だと思っても、でも、夢を抱くくらいはいいですよね？

そう、調が控えめに続けた。

調にはまだ、夢や未来があるのだろう。

一〇年後、二〇年後の自分を考えて、目標を抱いて生きていく。それは素晴らしいことかもしれないけれども。

バートンが見ることを忘れていた未来、将来、どんな人生を歩んでいたいのか、それを調は言葉にして告げる。

「僕はまだ学生だし、仕事の大変さは分からないけれど、バートンさんは大きな仕事をしているから、苦労も大変なことも、大きいんだと思うんです。でも、それだけ大変なことを今までに乗り越えてきたんですから、これからどんなことがあっても、乗り越えられる強さを、持っていると思います」

「……」

バートンの心に、調の言葉が染み込んでいく。生きている限り困難はいくらでも訪れる。それを一つだけ解決するより、打ち破る強さを育てれば、この先どんな困難が来てもいくらだって乗り越えられる。

「僕は…勉強もそれほどできるわけじゃないし、スポーツも得意じゃないです。特技も何もないです。でも何もできないからこそ、できない人の気持ちが分かるんじゃないかなって。そう思えば、何もできないことも悪いことばかりじゃないですよね。人よりできない分、つらい思いもいっぱいしたから、人よりつらいときの気持ちが、分かると思うんです。だから、傷ついているときのバートンさんの気持ちも、少しだけ、わかるんじゃないかなって。だから今は、何もできない自分でよかったかなって思います。あなたの、…つらい気持ちを、分かりたいと思うから」

人がつらいとき、その人の気持ちを理解できる。

「人生って、たった一度だから。後悔しないで生きようってよく聞くけれど、実際はそれって難しいと思います。後悔しないで生きたいって思っても、人間だから後悔はすると思う。でも、後悔する時間を短くすることは、できると思うんです。その人の心の持ち方次第で」

　調が告げる。

「いつからだって人は変われるし、人生に失敗なんて、ないって思うんです。それは次に進むための、大切な時間だって思うから」

　失敗も後悔も、悩むことも、それは大事な経験かもしれない。

　ふとすると、自棄と空虚さに押しつぶされそうになり、喉元まで込み上げる苦しさに、耐えきれなくなりそうな夜もある。再び込み上げそうになるそれを、吐き出しそうになる前に、調が、バートンを強く抱き締める。幸せを掴もうとする意欲を失い、自棄になりそうな気持ちを、調の腕が引き戻そうとする。

　夢と目標のない人生は、空虚だ。好きなもの、夢中になれるものがない人生も。だが、一体どれだけの人間が、生涯をかけられ夢中になれるものを、見つけられるというのだろう。そして、それだけのために、時間や人生を、費《つい》やすことができる環境を、許されるというのだろう。

　仕事と日々の生活に追われ、生きることに精一杯になる。それは悪いことではない。一日一日を大切に、精一杯生きていくこと、それは大切なことだ。生きていく、ただその行為から逃げずに、前向きに向かい合っていく。そうしているうちに、人は本当に大切なものを見つけるのかもしれない。

人生に失敗も無駄もない。回り道をする必要も時にはある。

そしてそれは、成功ばかりではなく、時につらい思いもするのだろう。だが苦しみよりもっと大切な何かが、辿ってきた道には残るのかもしれない。

その道を歩んだ後にこうして、人と抱き合うぬくもりを喜びと、感じられる気持ちを、手に入れるのだ。

「悩んだこと、傷ついたこと、その数が多いほど、人って幸せになれると思う。つらいことも苦しいことも、絶対に、無駄なことなんてない。傷ついたことが多いほど、心を成長させることができると思うから。成長した心はきっと、思いやりになって人を幸せにすることが、できる力になると思うから」

調が、バートンの胸に顔を埋めた。その身体を、バートンは抱き寄せる。

いとおしさが突き上げる。この世界で、この二人が抱き合うことは、ほんの小さな出来事かもしれない。でも、それでも今、彼をいとおしいと思う気持ちは、何よりも誰よりも強い。

バートンの心を、調が満たしていく。そんな気持ちになったのは、初めてだった。

「俺は人を傷つけた」

響を。そして調を。…そして、もうこの世にいない女性をも。

苦しげな吐息をつくバートンを、調が抱き締めようとする。

「もう悩まないでください。そうだ」

「何？」

「昨日までのあなたは、チェストにしまっちゃいましょう。花瓶の中でも、冷蔵庫の中でもいいです。今日からここにいるのは、新しいあなたなんです。そう思ったらどうでしょう？」

その言い方が妙におかしくて、思わず苦笑を漏《も》らしてしまう。

「あの、変でしたか？」

「いや…」

バートンは不安そうに見上げる調の瞳を、キスで閉じさせた。

調は驚いた顔をして、そして身体から力を抜いてみせた。

初めて、いとおしい存在だと思って、バートンは調を抱き締めた。

バートンは響の代わりではない、調を意識して彼を抱いた。

何度も抱き合いながらキスをした。

キスすれば、調はふんわりと笑った。控えめで、柔らかな微笑みは、調だけのものだ。

目立つ華美さはないけれども、人を安堵《あんど》させるような、癒すような優しい笑みだ。

「調」

「…はい、バートンさん」

バートンが彼の名を呼べば、ふわりと笑う。バートンはつられて微笑むと、調の身体を抱き上げる。

口づけながら彼を寝室に運んでいく。

寝室に辿り着くと、バートンは調の身体をゆっくりとベッドの上に下ろした。

何よりも大切なものを、壊さないかのような仕草で。

バートンはそっと彼に優しく触れる。

ゆっくりと彼の衣服を脱がした。もう一度、初夜をやり直すように。

響でも、誰の身代わりでもない、調を意識して抱くのは初めてだ。

着衣を丁寧《ていねい》に解き、肌に口唇を落とせば、調の胸の鼓動が伝わる。

不安の混じった瞳が、バートンを見上げる。いつもと勝手が違うやり方に、戸惑う調の身体を、口づけで甘く溶かしていく。

彼の緊張がバートンにも伝わるようだった。何度も抱き合ったのに、まるで初めて身体を重ねるかのような緊張が二人を包み込む。

バートンが促《うなが》すと、恥ずかしそうに調は自ら両足を開き、そして、全身を染め上げた。柔らかい身体に、バートンはゆっくりと重なっていく。

彼を押しつぶさないように、でも少しでも多くの部分を触れていたい。そして何度も彼に口づけを与えた。こんなに口唇を重ねることもなかった気がする。

ただ深く重なりたくて。もっと深く、一つになりたくて、純粋に彼と抱き合いたくて、バートンは彼を抱き締めたのだ。

心から結ばれた二人が、抱き合うような、そんなやり方で調を愛した。

一つになって彼のきつさにバートンが眉をしかめれば、慌てたように身体から力を抜いてみせる。

「す、みませ…ん、あ」

決してバートンの扱いは、優しいものではない。どうしても欲望に駆られ、調を強く突き上げてしまう。けれど、調は耐えてみせるのだ。

調のような人間は、初めてだった。バートンの周りには、今までにいなかった人物だ。

「あの、…好きなようにして、いいんですよ?」

動きを止めたバートンを、心配そうに調が見上げる。組み敷かれ、足を大きく開かされているのだ。調のほうがずっと、きつい姿勢だろうと思う。けれど、バートンのことを、調は優先して考えようとする。

無意識の行動だろう。だが、それが調の本質だ。目先の自分の保身だけではなく、人のために尽くすことを、喜びと感じられる人間なのだろう。

調は人の幸せを、自分のことのように喜べる人間だ。人がつらいことを、自分のことのように感じ、胸を痛めることができる人物だ。

調も気づいてはいないのかもしれない。

「あ、あ……——……っ……」

バートンが中に放つと、調は同時に果てた。腹の上を白濁《はくだく》が彩《いろど》る。欲望を果たしてしまえば、いつまでも彼に負担を与えるのも忍びない。萎《な》えたものを引き抜き、零《こぼ》れ落ちたものを拭う。

息が落ち着くまで、彼を腕の中に抱き込む。

バートンの腕が背に回ると、調は顔を綻《ほころ》ばせた。瞳には涙が滲《にじ》んでいた。バートンが眉をひそめれば、その顔を見せまいと、胸に顔を埋める。きっと、泣けば迷惑がられるとでも、思っているのだろう。

バートンに嫌われまいと、調は必死なのだろう……。

それでも、バートンの腕が調に回れば、突き放さなかったそれだけで、調は嬉しそうな様子を見せるのだ。

いじらしい、…バートンの胸がざわめく。

喜び、感動。それは久しく、バートンが忘れていた感情だ。

バートンにとって必要な何かを、バートンに欠けていた部分に、調が与えてくれる。調はバートンの腕の中で、すべてを委《ゆだ》ね目を閉じる。何をしても、バートンを受け入れる。バートンの手を振り払ったりはしない。調は、バートンが触れ、抱き締めると幸せそうだった。

自分という存在を、受け入れてくれる相手がいる。

本当に、人と人が抱き合う意味が、分かったような気がした。

快楽を味わうのではなく、純粋に好きで、愛して、そして、欲しいから調を抱き締めたのだ。

「今度は、連絡をしたらすぐに来い」

調は答えない。もう眠ってしまったのかもしれなかった。

そしてそれ以来、調からの連絡が途絶《とだ》えた。

間もなく、舞台挨拶がある。そこにバートンは出席しなければならない。

最近手がけた中では、一番大切な作品だった。舞台への喝采というものは、表に出る俳優だけが得られる花のようだ。バートンは裏方でしかない。だが、結果が花開かなければ、その間に花の根を伸ばせばいい。張った努力の根はいつか、花開くときが来ると信じて。

事務所で、バートンは準備に余念がない。だが、時折、苛立ちが浮かぶ。

ここ一週間ずっと、調に連絡がつかないからだ。

「あの、バートンさん」

事務所の人間が声を掛ける。

「音澄《おとすみ》響さんがいらしてます。アポイントはありませんが、いかがなさいますか？」

バートンは軽く驚く。彼が望んでバートンに会おうとは思わないはずだ。それに、アポイントがない相手とは、バートンは会ったりはしない。予定を訊《き》くのは仕事をする上で、相手を気遣う最低限のルールだからだ。まだ舞台の仕事に携《たずさ》わったばかりの頃、事後承諾で仕事を求められたり、ずい分と馬鹿にされた扱いをされたものだ。それは下積み時代の苦い思い出だ。

だからこそ、人を尊重しない扱いに関して、バートンはシビアに対処する。

響が会いに来たと聞いたとき、バートンは躊躇《ちゅうちょ》した。

「お断りいたしましょうか？」

新しく入った彼は、バートンと響の過去を知らない。バートンがアポイントのない相手と会うのを嫌うことを知っている。

ちらりと時計を確かめる。舞台挨拶の場所に向かうには、まだ若干時間がある。たとえ響であっても、仕事の前ならば断ったかもしれない。

「いや、通してくれ」

「分かりました」

バートンが断らなかったのは、調のことが頭を過《よぎ》ったからだ。

少し待つと、響が姿を現す。礼儀正しいスーツ姿で、片腕にコートを掛けていた。すらりとした肢体、バランスのいいスタイル、相変わらず、目を引く美貌の持ち主だ。

「突然来たのは悪かった」

あまり悪びれた様子はない。気持ちを抑えつけているようだが、きつい眼差《まなざ》しがバートンを見上げる。無理もない。

「用件は？」

バートンが訊《たず》ねれば、響があきれたように肩を竦《すく》めた。

「単刀直入だな。時間がないのか？」

「それもある」

「そういえば、大事な舞台挨拶があるんだったな」

「知ってるのか？」

「だったら、さっさと済まそう」

響は問いには答えなかったが、表情から知ってて来たのだということが窺《うかが》える。

「調にもう、会わないで欲しい」

予想していたこととはいえ、はっきりと告げられれば、思ったよりも鋭く、バートンの胸に突き刺さった。

「ずい分、過保護なんだな」

揶揄《やゆ》して告げれば、響が顔を歪める。

「当然だ。たった二人の兄弟だ。あいつは俺が育てたようなものだからな」

バートンはおや、となる。そういえば、二人がロンドンに来た経緯を、聞いたことはなかった。

両親の転勤か、それともイギリスに留学に来て、そのままここにいついたのか。

舞台を見に来たのも、それほど多額ではないが、ちゃんと小遣いをもらっていたからだろう。

バートンは奨学金をもらい、すべての学費をまかなった。

何より、家族がたった一人でもいるという心の支えは、真の孤独を知る者にとって、羨ましいことだ。

「お前が育てた？」

「やっと、最近は心から笑うようになってきたのに。ここに来た頃は、周囲に気を遣ってばかりで、自分よりも人のことばかり、優先させていた」

「どういうことだ？」

バートンは不審げに眉を寄せる。

そして、バートンは調がどういう生い立ちか、初めて響の口から聞かされた。離婚した父について口ンドンに来たものの、父の再婚と新しい家族になじめず、次第に心を閉ざしていったことを。最初はそれほど語学が得意でもなく、慣れない生活環境や、相談できる友人も話す相手もいない中、一人部屋に閉じこもるだけの毎日を、送っていたことを。

「だから、俺はロンドンに来た。あいつを助けようと思って。本当は日本に連れ帰ってもよかったが、家から出るのを怖がるほどに、あいつは人と触れ合うのを、拒《こば》んでいたから」

響自身も苦労したのだろう。だがそれを、ひけらかしたりはしない。多分、苦労を既に乗り越えたせいだ。そして、嘆くだけでは状況は好転しないことを、よく知っているからだ。

どうして、それほど過酷な状況の中、調はバートンの幸せを、優先させようとしたのか。

なぜそんな人間になったのか。普通ならばその状況を恨んでもいいはずだ。

だが、調は不幸を嘆くことをせず、だからこそ、人の痛みが分かる人間になった。

人を気遣い、思いやれる人間になった。それらは誰が褒《ほ》めてくれるというものではない。利益や効率だけが求められる仕事には、必要のない能力かもしれない。だが、心の余裕をなくす社会において、真に求められるのは調が持つ能力だ。多忙で仕事に没頭するあまり、思いやりといった大切なものをなくしてはいないだろうか。自分だけが勝っていればいいと思うより、人を気遣える能力を磨いたほうが、一生の財産になる。

そう、調に気づかされた……。

初めて、バートンの胸が痛んだ。調はまだ、高校生なのだ。なのに既に、どれだけの心の傷を負ったのだろう。

そして、響も。調を守るために、慣れない地に来て、仕事を始めた。その仕事の芽を、バートンは摘《つ》んだのだ。それは、バートンが属する世界にとって、当たり前のことだったから。

バートンを捨てた母親も。

響もこの世界にいる人間だ。割りきっているか、この世界の汚いやり方を、承知していると思っていた。

客を感動させるのが建前の世界、だが実際は、権力を持つ人間に媚《こ》び、身体を張らなければ仕事が取れない場所だった。この世界に幻滅していたのは、誰よりもその汚い手段を使うのを当然と思っていた自身だったかもしれない。

好評な舞台は、実力のお陰なんて信じているおめでたい人間は、バートンの周りには誰もいない。それを信じて舞台に夢を見に来るのは、客だけだ。

ある大物に逆らって潰された役者を、バートンは間近で見ている。事務所の権力者たちに気に入られるか、嫌われるか、それが役者の将来を左右する。

好きでもない相手に足を開かされる理不尽さ、まっとうな人間ならば役者の夢を捨て去るだろう。

「お前も苦労してきたんだな。意外と」

「そう、意外とね」

響が片眉を跳ね上げる。

「苦労は悪いことだけでもない。金も仕事もなければ、食べていくために知恵を絞るようになる。余計なことを考える時間もないから、必死で夢だけを追っていればよかったからな」

響が言い放つ。

つらいときこそ、伸びるときだ。きついときが伸びるときなのだ。

だから、苦労は悪いことではないのだ。

夢を叶えた途端、人は不幸になる。目的がなくなったときの空虚さ、それをバートンはいやというほど味わった。走り続けた日々、ふと、夢がなくなれば今まで自分が残してきたものの虚しさに気づく。人を感動させる舞台を作り続けた後、一体自分に何が残ったのか。バートンの名声に群がり、儲《もう》けを啜ることしか考えない、仲間とも呼べない関係者だけだ。

金も名声も持てば、それを啜ろうと余計な人が寄ってくる。だが、何も持っていなければ、狙われることもない。

夢は叶わないところにあるほうが、人は幸せになれるのかもしれない。夢を見ているときが一番、幸せなのかもしれない。

走り続けて立ち止まった瞬間、自分を取り巻く環境に、バートンは疑問を覚えた。

何も持たないはずの響が、ずっと幸せそうに見えた。

だから、本当は自分のほうこそ何も持たないことを、バートンはより一層思い知らされたのだ。

それでもいいと思うか否かは、自分の心の持ち方次第だ。だが、バートンにあるのは絶望だけだった。幸せそうな人々を見るたびに、胸に空虚さだけがあった。

確かに、不幸な時間は、悪いものでもないかもしれない。今までの自分を振り返り、何が幸せかを深く考えるきっかけになった。

そして、調に会った。

——悩んだこと、傷ついたこと、その数が多いほど、人って幸せになれると思う。つらいことも苦しいことも、絶対に、無駄なことなんてない。傷ついたことが多いほど、心を成長させることができると思うから。成長した心はきっと、思いやりとなって、人を幸せにすることができる力になると思うから。

そう聞いたとき、バートンの喉元まで、想いが溢《あふ》れた。調を抱き締めたくてたまらなくなった。最後に調を抱き締めてから、もう大分経つ。まだバートンの手のひらには、調を抱き締めた感触がある。肌に落ちた彼の吐息も、思い出せるくらいだというのに。

調にだけ会えない。

目の前に響がいるというのに。調を初めて抱いたとき、どれほどバートンは響に飢えていたのか、思い知らされたというのに。

今は、調に会いたい。けれど響は既に手を打っていた。

◇◇◇

「調を転校させた。あなたには会えない距離だ」

そう響は告げる。

「何？　どこの学校だ？」

バートンのうろたえぶりに、響は驚く。今までにそんなバートンは見たことがなかったからだ。

「それは言えるわけがないだろう?」

「だが…」

「あいつも了承済みだ」

冷たく、響は言い放つ。それが、調に約束させたたった一つのことだった。

だから、最後にたった一度だけ、この前の夜、会うことを許したのだ。さもなければ、絶対に響は許さなかった。そして、調も了承した。そこには諦めと、バートンを想う心があったのを、響はよく知っている。叶うはずがない恋だということを、調自身がよく知っていたのだ。

なのになぜ、あんな冷たい男を調が愛したのか、響には分からない。

バートンが愛したのは、調ではないのに。

調ではない、誰かを愛しているのだと、調は言っていた。

誰かの身代わりに、自分を抱いていただけなのだと。

それは一体誰なのだろう。響でないことは確かだ。今のバートンの目を見ていれば分かる。

この冷たい男が、本気で人を愛することなど、できるとは思わなかった。

愛も恋も、自分の利益のためにしか、利用できない男だ。

——それでも、愛してる。

きっぱりと言い放った調。

それほどに熱く人を愛することができるのは幸せだ。

想われるよりも、熱く想うことができるほうが、幸せかもしれない。そんな相手に巡り合う幸せを、調は手に入れたのだ。

だが、本当は、たった一人に愛される喜びを、調に教えてやりたかった……。

「あなたと別れるための転校を条件に、最後にあなたに会いに行くことを、あの夜許した。あなたの、誕生日だからって。誕生日に、呼んでくれたからって。誕生日を一緒に過ごすことを、許してくれたからって」

バートンが息を呑む。

そこまで想う調の気持ちを、バートンが理解することはないだろう。

「あなたが、…貧血を起こした調を助けてくれたとき、調は本当に嬉しそうだったんだ。多分、ロンドンに来て、言葉もできなくて誰にも相手にされないことも、多かったんだと思うよ。だけどあなたにしてもらったことが、多分、初めて親切にされたことだったんじゃないかと思うんだ」

響は言葉を絞り出す。

「俺は、あのとき以上にあんなに嬉しそうで輝いていたあいつの顔を知らない。あいつは、本気であなたのことが、好き…だったんだ」

胸が痛む。油断すれば、目頭が熱くなってしまいそうだった。

「もういいだろう？　あいつを、苦しみから解放してやってくれ。俺にとってはたった一人の弟だ。大切に、したい」

「……お前よりも大切にする相手が、現れても？」

苦しさのこもった、吐き出すような声音だった。言葉と苦しみを、絞り出すような。

そんなバートンの表情は初めて見るものだった。

初めて、響の気持ちが揺らいだ。

ある可能性が胸に宿り、即座に否定する。

もしや――バートンは、調を本気で愛しているのではないかと。バートンは、気づいていないのかもしれなかったが。

調を守るように与えたマフラー、人を気遣うような真似を、バートンがするとは思わなかった。

「それがあなただとでも言うのか？　ふん、まさか」

バートンの片目が歪められる。

「あなたにとっては、簡単に踏みつぶせる蟻《あり》かもしれない。俺たち兄弟の存在なんてものは。でもそれでも、俺たちだって必死に生きてるんだ。自分たちなりの幸せを摑み取るために。幸せに、なるために。もうこれ以上、幸せを摑む邪魔を、しないでくれ」

心からの言葉だった。

「あなたは俺たちに関わらなくても、十分食べていけるだろう？　評価だってされているだろう？　俺たちを潰せる力だってある。もう、いいじゃないか。俺に対する私怨《しえん》で調を不幸にするというのなら、俺がいくらだって――謝るから」

元はと言えば、響がバートンの言うことを聞かなかったから、矛先《ほこさき》が調に向いたのだ。たとえ理不尽な要望を突きつけられたとしても、力を持つほうが勝つのが、世の摂理だ。

真摯《しんし》で誠実に生きているほうが勝つとは限らない。でも、自分だけが正しいことを、知っていればいい。思いきり生きて、いけばいい。

最後まで人生なんて、分からない。

「俺の存在が、調を不幸にするというのなら、この世から消えてやる」

低い声が辺りに響いた。その声ははっきりと響の耳に聞こえた。

今の言葉を、バートンが言ったのだろうか。聞き違いではないだろうか。

転校は、調のためになると判断したからだ。だが判断は時に誤《あやま》りである場合もある。

どれほどいいと思っても、誤ることだってある。

人生の岐路《きろ》、どんな判断をしても、誤りとするか正しいとするかは、その後の自分の人生の生き方次第だ。判断に責任を持つ生き方を、すべきだ。

「本気か？」

響は時計を見る。そろそろ、バートンはここを出て、劇場に向かわないと間に合わない。

だからあえて、ある提案をする。それは、響にとっては大きな妥協だった。

そして、調とした、最後の一つの約束だった。

約束はした以上、響は守る。どんな理由があっても、たとえバートンが気に入らない相手であっても、一度した約束を、破ったりはしない。

約束を破ることは、どんな人間でも仕事であっても、してはならないことだ。

どんな理由があったとしても、平気で約束を破る人間を、響は軽蔑する。

「パディントン発二〇時の電車だ」

人目もはばからず走って、汗だくになって、必死で追いかけてやっと、捕まえられる時間だ。

そして、バートンにとって大切な舞台挨拶の時刻でもある。

「調にはもしあなたが来たら、あなたに会うことを許してやるとも言ってある」

これが、調とした、最後の約束だった。

「だがもし、あなたが来なければ、調にはあなたを諦めるよう、告げてある」

不可能な約束だから、響は妥協したのだ。

仕事のために人を踏みにじることを何とも思わない。そんな人生を生きてきたバートンが、その時間に調に会いに行くはずがない。大切な舞台だ。仕事は自己実現の場でもある。仕事で能力を認められる快感、それは人生における充実感をもたらす。だが一生独りで走り続けられる人間は稀《まれ》だ。時に応援してくれる相手、心の支えが欲しくなるものだ。どれがいいとも言えない。

響にとっても仕事は大切なものだ。ただ何のために仕事をするかと訊かれたら、自分よりも愛する人を幸せにするためと答えるだろう。自分だけのためではなく。

最後に人を動かすのは、人なのだ。

「調はその約束を?」

「了承した」

「……そうか」

バートンの答えは意外だった。

「分かった。パディントン発二〇時の電車だな」

そう言い終わる前に、バートンは既に、響に背を向けていた。コートの裾《すそ》が翻《ひるがえ》る。

「おい……!」

焦ったのは響のほうだ。

躊躇なく、バートンは調を選んだ。調を、選んだのだ。

(まさか、本気か?)

引き止める間もなく、バートンの姿は響の視界から消えていた。

「間に合うはずがないさ」

響は呟く。

だがなぜ、絶対に間に合わない時間になってから、教えなかったのだろう。

約束を守ったからとはいえ、後悔が残る。

今ならば、間に合ってしまうかもしれない。響は、調とバートンが結ばれることを、許してもいいと思っているのだろうか。いや、許したくはないはずだ。

だが、初めて調が、響に逆らってまで愛した相手だ。

どうせ長続きするはずがない。ぼろぼろになって棄《す》てられるよりも、今、二人を引き離したほうがいい。調のためにも、この選択は間違ってはいなかったはずだ。

自分の信念を信じている。なのに苦いものが込み上げる。それは愛する者同士を引き離したのかもしれないということによる苦しさだ。自分が正しいと思っても、人を傷つける信念は、必ずしも正しいとは言えない。

まさか、バートンが調を選ぶとは思わなかったのだ。

あとは、運を天に任せるだけだ。もし本当に結ばれるはずの二人なら、運命が味方するかもしれない。不可能を、可能にするかもしれない。可能性を、ゼロにするか否かは、バートンの努力次第だ。

不可能か可能かじゃない、間に合わせるための努力をするか、否かだ。

人には絶対にできないことなんてない。するかしないか。何事も意志一つだ。

どうせ捕まえられない、できない、不可能にしたい言い訳を、響もよくしていた。ヒューに会うまでは。

「遅いわよ！」

事務所の通路から、女性の憤慨《ふんがい》した声がする。

「ごめん。パディントン駅付近の道路が事故ですごい渋滞してて。バスが来なかったんだ」

「あなたは滅多《めった》に遅れないのに。心配したわ」

「まったく。こんな日に限って事故なんてまるで、俺たちが会うのを邪魔してるみたいじゃないか？」

「何冗談を言ってるの。私たちに運命が嫉妬してるのかしら、なんてね。仕事に戻るわよ」

女性が笑う。

パディントン駅付近の渋滞。響はバートンの消えた方向を見つめる。

多分、間に合わないだろう。不可能を可能にする、奇跡が起こらなければ。そしてそれは、現実的な希望ではない。

もし会えなければ、この恋を、バートンは諦めるだろうか。

多分、運命はバートンと調に、味方しなかったのだ。

響はゆっくりと、事務所を出て行った。

◇◇◇

駅のホームに、調は立っていた。

「席に座らないのかい？」

駅員が親切に、調に声をかける。

「すみません。もう少しだけ」

調は答えた。

「そうかい？　まったく何で」

駅員があきれたように溜息をつく。

調は曖昧《あいまい》な笑みで返した。

もうすぐロンドンを、…バートンと会って過ごした場所を離れる。

ただ、その場所に残る余韻に、あと少しだけ浸っていたかっただけだ。

「誰か待ってるの？」
「いえ」
調はきっぱりと否定する。
響がくれた妥協、それに微塵《みじん》も期待してはいない。信じてもいない。
バートンの誕生日、最後に彼に会えて、よかった。会ってくれて、嬉しかった。
それだけで、よかったのだ。
最初から、これで最後にするつもりで、調は彼に会いに行ったのだ。
――お前は、俺の一番嫌な部分を思い出させる。
バートンはそう言っていた。
調がいると、バートンは一番つらい部分を、思い出してしまうのだろう。
あんなつらそうな表情を、させてしまうつもりはなかった。
思い出したくない過去を、吐露させるつもりはなかった。
彼を傷つけたくは、なかったのだ。
せめて最後に、彼を傷つけた代わりに、調ができる何かを、彼に残したかった。
傷ついている彼を、抱き締めることしかできなかったけれど。
そんな調を、バートンは優しく抱き締めてくれた。

なぜあんなふうに、優しく抱いてくれたのか、分からない。

けれど、もう調がそばにいてはいけないことだけは、分かった。

あの強い人が、調と一緒にいると苦しそうだったから。

兄を苦しめたことも、後悔させてしまうから。

偽悪者を演じながらも、後悔してることが調には分かる。

兄に酷い仕打ちをしたと言いながら、それ以上にバートンのほうが傷ついていた。

もちろん、兄も傷ついたのだろうけれども、その傷は恋人によって癒されている。

けれどバートンには、癒してくれる相手はいない。

バートンだけが過去にとらわれ、彼の胸の傷は未だに血を流しているのが調には分かった。

彼を幸せにするために、身を引く。

自分はバートンの傷を抉《えぐ》るだけの存在なのだと、分かったから。

バートンの前にいないほうがいいのだ。

最後に優しくしてくれたのは、バートンの同情かもしれない。

いずれにせよ、彼の同情を、愛情と勘違いしてはいけない。

兄ほどの人を好きになった人だ。容易に自分に振り向いてくれるはずがない。

朝起きて、あの優しさが夢だったと言われるのが怖くて、優しい記憶だけをもらって逃げるのは、卑怯だろうか。

最後に抱き合ったあの一度だけ、バートンは調自身を見て、抱いてくれたような気がした。

その想い出が壊れるのが、怖かった。

きっと、夢だから。

優しかった幸せな記憶のままで、自分の時間を止めてしまおう。

夢の中に彼を、そして自分の心を閉じ込めて。

どうして、彼をこんなに好きになったのだろう。

最初は憧れだった。抱かれても、酷い光景を見せられても、彼を嫌いになるどころか、彼にどんどん惹《ひ》かれていった。

込み上げる衝動に、つける名前を調は知らなかった。心から好きだと自覚したのは、バートンが兄を好きだったと知ったときかもしれない。

「こんな寒いところで、待たなくてもいいのに」

ぶるりと調が身体を震わせれば、駅員が肩を竦めた。

寒いところで。

足元からしんしんと冷えていく。足の感覚が薄れているようだ。

ふと、バートンと待ち合わせたときには感じなかった感覚だということに気づく。

そういえば、…必ず、バートンは調をティールームで待たせたような気がする。

「食事でもしてきたら？　もう少し時間はあるよ。レストラン…っと、それより、カフェのほうが、君ならいいか」

レストランを勧《すす》めようとして、カジュアルな店のほうに言い直す。

「え？」

不審げに眉を寄せると、彼は慌てて言った。

「いや、違う。ごめん。誤解させて。君が相応しくないってわけじゃなくて、気を遣うだろうと思ったからさ」

気を遣う場所……。

「高校生が一人で食事してたら、誤解されちゃうだろうしね。君は綺麗な子だし、君自身がいづらいのはかわいそうだろう」

レストランで調が、愛人の疑惑をかけられたとき、バートンは調を強引に連れ出した。

あのとき調を守るようにバートンは抱き寄せた。肩に残る温かい腕の感触を、調は覚えている。

気づいていたのだろうか。

そんなことをしそうには思えなかったけれど。

いや、あれ以来、調を待たせる場所が変わった。

調が居心地のいい、暖かい場所へと。

「でも、何か食べたほうがいいね。あまり顔色がよくないよ。貧血でも起こしたら大変だ。二階のカフェに、美味しいキドニーパイを食べさせてくれる店がある」

「キドニーパイ？」

なぜか、バートンは会うたびに、よく注文していた。調が好きだと、言ったわけでもないのに。

「貧血気味の子にはあれは一番さ。うちでも細いのがいてね。よく食べさせる」

以前、貧血を起こして倒れた調……。それを助けてくれたバートン、そして、調に会うたびに、調が食事をするのを見張っているようだった彼……。

「貧血なんか起こして、ホームに落ちたりしないようにね。あんまりホームの端には行っちゃ駄目だよ。危ないからね」

子供をあやすように、駅員が言う。親切な性質なのだろう。

舞台の準備をしている頃、絶対に舞台に調を、バートンは近づけようとはしなかった。

マフラーが板に引き込まれたとき、烈火《れっか》の如く怒ったバートン、それは。

（危ないから？）

マフラーが板に引き込まれ、そのまま板が調に倒れ込んできたとしたら。

舞台が危険と隣り合わせだということを、一番知っている人は。

マフラー、そうだ。乱暴に捨てたものの、いつかバートンの家に行ったら、帰り際、いつの間にか、彼のマフラーを、調は首に巻かされていた。

そして忘れていった。調は返しに行ったものの、返しそびれてそれは、今、調が使っている。何度か返そうとしたのに、バートンは調の許に忘れていくのだ。

立派なそれを、たった一つつけているだけで、もう調をみすぼらしく見せることはなかった。

――みすぼらしいマフラーをして。あまりいい育ちの子じゃないわね。

（……）

このマフラーならば、そう言われることはない。乱暴に調のマフラーを捨てたくせに、これでは、まるで……。

「ちゃんとあったかいようにしてるんだよ。せめて熱いものでも飲んで待ってたら？」

バートンの家に行けば、カーディガンを着せられたり、……そして、あったかい紅茶を淹れてくれたりした。彼に抱かれて目覚めて、彼が隣にいなくて彼のいた場所は、既に冷たくなっていたとしても、調の上にだけは幾重にも毛布が掛けられていた。

はっと調は顔を上げる。

それらは――もしかして。

調が気づかなかっただけで、バートンは恐ろしげに見えるけれども。

気づいた途端、調の頬が熱くなっていく。

胸が締めつけられたようになって、鼻の奥がつんとなった。

本質の部分で、バートンは人を大切にする人なのに違いない。偽悪者を演じているだけで、本当は心が温かい人なのだ……。

胸にじわりと熱いものが染み込んでいく。

滅多に口づけてくれることはなかったけれども、抱き締められれば嬉しかったのだ。

彼に触れられると、胸が高鳴る。出会ったときからずっと、憧れを抱いていた。

こんな関係になるとは、調は思ってもみなかった。

けれど次第に恋心を抱くようになったのは、彼のそうした本質に、触れていたからだ。

そうだ。最初から、見ず知らずの自分を助けてくれた人ではなかったか。

そしてまた、満員で劇場に入れないでいた自分に、チケットをくれた人。

ささいなことだけれど、彼の優しさが、調の胸に温かく降り積もっていく。

やっと分かった。なぜ、彼が嫌いになれなかったのか。

憧れから彼に、次第に惹かれていったのか。

だから、彼に邪険にされていても、彼のことが好き…だったのだ。

会うたびに、彼が好きになっていったから、離れられなかった。

「本当は誰か待ってるんだろう?　呼び出してあげようか?」

「いいえ」

息を大きく吸い込むと、きっぱりと調は告げる。

「ただ、この風景が、懐かしいだけです」

「まあ時間まではいいけどね」

駅員が調から離れる。

バートンを、待っているわけではない。なぜなら、来るわけがないからだ。

最初から、叶わないと分かっている約束を響とした。バートンに、迷惑をかけたくなかったから。

舞台挨拶の日に、彼の気持ちを確かめるためにあえて、仕事を棒に振るような提案を持ちかけたわけではない。彼に、仕事を犠牲にさせるわけにはいかない。

彼が来ないと分かっている提案を、響と約束したのは、自分の気持ちを諦めさせるためだ。

転校は、いい選択だと思う。そうでなければ、意志の弱い自分はきっと、バートンに会いに行ってしまうだろうから。彼に絶対に会えない距離まで離れれば、そのうち、諦めることができるかもしれない。

愛する人に愛される喜び、それは何よりも至福だった。彼に人に本当に愛される喜びを、調が与えたかった。それは本当に、素晴らしいことだったから。調は彼に抱かれて幸せだったから。

だがそれは、調ではできないことだった。

だから、身を引いた。バートンの幸せのために。調にとっての幸せは、バートンが幸せになることだったから。人の幸せを常に考えられるだけでも、少しは自分に自信を持っていいだろうか。

「そろそろ時間だよ」

それから暫く経って、駅員が戻ってくる。

「はい、乗ります」

調は車両に足を踏み入れる。ホームは振り返らない。振り返っても仕方がないことと、分かっているからだ。

ベルが鳴り、扉が閉まる。ゆっくりと車両がホームから滑《すべ》り出す。

いつか、卒業して何年かのちにまた、ロンドンに戻ってくることがあったら、そのとき、バートンと街で擦れ違うことがあるだろうか。そうしたら、バートンは調に気づいてくれるだろうか。

——努力してもっと綺麗になって、あなたに相応しい人になりたい。

——兄よりももっと綺麗になるから。だから、僕を好きになって。

ずい分な無茶を言ったと思う。そんな夢のようなことを。

兄のようになったとしても、兄にはなれない。

バートンは兄が好きなのだから、調を好きにはなれない。バートンの胸の中は、叶わないたった一人の人で占められている。

幼い頃からずっと、コンプレックスの対象だった兄。美しくて潔《いさぎよ》くて、凛々《りり》しくて、格好良くて。何でもできるその人は、調を本当に愛してくれて、守ってくれた。

調も兄が大好きだった。なのにどこかでどうしても引け目を感じ、苦手だった。

優秀すぎる人がそばにいることで味わわされる、自分にはできないという劣等感、それはどうしようもない嫌悪になって、自己に襲いかかってくる。

仕事でも認められて、仕事を成功させる能力も、努力もできる兄。学生時代も勉強ができる優秀な人だった。それに比べて、調は特に勉強ができるわけでもない。背も何もかも中途半端で、響に敵うものなど、何一つない。

そして愛する人まで、響に敵わなかったのだ。

だから最後に、響に抵抗した。自分が持たないものを、何もかも手に入れている響に。

たった一つだけ調ができて、響ができないことは、バートンを心から愛することだった。

でも、バートンは響を愛した。

調は窓の外を眺める。外は暗く、調の顔が映る。列車はどんどん速度を上げていく。

ガラスに映る自分の顔が、調は嫌いだった。

響のようになりたかった。

兄には心配も迷惑もかけたから、もっと幸せになって欲しい。

響を思い出すのはつらかったけれど、それも本当の気持ちだ。

人の幸せまで自分の幸せだと思えると、幸せは二倍になる。自分も、そして、人の幸せまで幸せに感じられるのだから。

そう、思うから。

いつか、前向きな自分に戻れるだろうか。

バートンを励ましたように。

心をバートンの許に置いてきたまま、調は窓に映る自分の顔から目を逸らした。

◇◇◇

「あの人、ずっとあそこに立ってるよ」

「何があったんだろうね」

ホームの横のコーヒーショップに入っていたカップルが、出てきてもまだ、立ち尽くす男を見て不思議そうに顔を見合わせる。

「結構いい男じゃない？」

「おい」

「冗談よ。あなたのほうがいい男だってば」

二人は顔を見合わせる。それきり、恋人同士はホームに佇《たたず》む男に、興味をなくした。

◇◇◇再び現代　Lesson4：curtain call

「と、いうわけ」

いつの間にか俳優たちは、自主的に残って行っていた練習を中断している。集まって音楽監督のリチャードの話に聞き入っている。

俳優の一人が言った。

「バートンさんってそんな恋愛してたんですね」

「かわいそう」

「愛する人と引き裂かれるなんて」

俳優の何人かは涙ぐんでもいる。

「話し疲れて咽喉が渇いたよ」

リチャードが水を流し込む。特にバートンに同情する素振りもない。

「でも今は新しい恋人もできて、よかったですよね」

「そうそう！　ものすごく綺麗な人なんでしょう？　紹介してくれって言っても、絶対にバートンさんは誰にも見せないっていう、ものすごく大切にしてるっていういわくつきの」

「昔そんな傷を負っていたなんて、とても思えないですよね」

「別れたからこそ、新しい出会いもあるってことで」

「え？　そんなこと言ったっけ？」

リチャードが悪戯《いたずら》っぽく首を傾けてみせる。

「えっと、それって…」

「ちょっとちょっと！　皆！」

リチャードに訊ねる前に、外から慌ただしく、俳優の一人が駆け寄ってくる。

「バートンさんの恋人が、外にいるらしいよ！」

「何だって!?」

「見に行こう！」

「俺も！」

自主稽古の続きは？　リチャードが当然の指摘をする前に、俳優たちは全員、外に出て行ってしまった。

「ま、いいけどね」

誰もいなくなった場所で、リチャードは水を飲み干す。

別れてから、恋していたことに気づくなんて、鈍感で馬鹿な真似は自分はしない。

バートンは別れてから、調に恋をしていたことに気づいた。

他の誰でもない、調に。誰も、彼の代わりにはならないのだと。

奪った相手に、恋を奪われる。人生の摂理かもしれない。

幸せを奪えば、それは奪い返される。そして、終わる。

リチャードを稽古場に残したまま、俳優たちは関係者出口から顔を覗かせる。

「あれじゃないか？」

「後ろ姿しか見えないじゃないか」

興味津津《しんしん》と鈴なりになって、俳優たちは視線を注ぐ。視線の先には、バートンともう一人。

そのとき、バートンの隣にいる人物が、ふ、と横にいるバートンを見上げた。

「う、わ……」

その瞬間、俳優たちが絶句する。

「すごい…。綺麗な人だな……」

バートンの恋人なのだと、一瞬で分かった。

バートンと恋人は、目が合うと幸せそうに微笑み合う。

「へえ…。バートンさんって、恋人にはあんな顔を見せるんだ」

「滅多に笑うような人じゃないのにな」

「恋人って日本人なのかな」

「つらい恋をしたみたいだけど、今は新しい恋人を見つけてよかったよな」

俳優たちが頷き合う。

「でも、別れた恋人はどうなったんだろう？」

「そういえば、そうだったな」

「その人も、ちゃんと幸せになっていればいいけど」

「バートンさんのことは忘れて、きっと幸せになってるんじゃない？」

「もう何年も前の話になるもんな。それが普通だよな」

彼らが口々に言い合う。

「あれ？　でもあの人って、響さんに似てない？」

誰もが憧れる俳優の名前を、一人が口に乗せる。響はキャリアのある俳優で、確固たる地位を築き上げている。

「そうだな。でもあの人、本当に綺麗な人だね。響さん以上かも?」

幸せそうに去っていく二人を、彼らは見つめた。

おしまい♪

英国探偵

「一つ、賭《か》けをしないか？」

昼下がり、時永《じえい》刻《きざむ》が外を眺めながら言った。刻が経営する探偵事務所で、退屈しのぎにまた、彼は新しい遊びを思いついたらしい。

「賭けに勝ったら？　もちろん、ご褒美《ほうび》はもらえるんだろうな」

本人にとっては気まぐれかもしれないが、それに付き合わされるジャックはたまったものではない。

「何がいい？」

「もちろん」

ジャックは窓枠に刻を追いつめると、両手を広げ、窓枠に手のひらをつく。両腕の間に刻を閉じ込めると彼に告げる。

「あんたのキスだ」

真剣な瞳で、ジャックはまっすぐに刻を見つめる。射貫《いぬ》くような眼差しは、一睨《にら》みで相手を動けなくするような迫力がある。

ジャックのわずかに下に、刻の整った顔がある。ほんの少ししか違わない身長差は、ジャックから余裕を奪う。刻は一八〇は余裕であるだろう。身長だけではない、スタイルも抜群にいい。

間近に彼の相貌《そうぼう》があれば、見慣れたはずのジャックですら、未だに平静ではいられない。

興味がなくても、見る者を落ち着かなくさせるほどの美形だ。

何より秀逸《しゅういつ》なのは、彼の美貌だった。男らしくシャープで、切れ長の瞳は涼しげで、とても印象的だ。探偵をしているくらいだから、頭脳労働がメインのひょろりとした印象を想像しがちだが、刻はモデルばりの男らしさと頼もしさを見る人に与える。

ひとたび事件が起これば、気配を自在に操《あや》り、華やかさを完全に消し去るのも忌々《いまいま》しい。完璧なプロフェッショナルと誰もを唸《うな》らせる。

日本人でありながら、英国で探偵事務所を経営する抜群の頭脳、それにはロンドン警視庁《スコットランドヤード》ですら一目置いている。

「どうだ?」

「いいだろう」

ニヤリと刻が応じる。年齢は、ジャックの七つ上だ。最初会った頃は、歯牙《しが》にも引っかけられなかった。いや、今も相手にはされていないかもしれない。

「勝ったらな」

余裕ある態度で、刻が言った。ジャックのネクタイを摑み、整った顔が近づく。

ジャックの胸がドキリとなる。ご褒美の前払い、そんな期待がジャックの脳裏を掠《かす》めた。

もちろん、そんな甘いことを、この男がするわけがない。

何度それで痛い目に遭《あ》ったことか。なのに、期待を抱かずにはいられない。

「今、下に車が止まった。さあ、あの夫人はどんな用件で来たんだと思う?」

ジャックは面食らう。眼下に、車が止まった。確かに、老婦人が降り立つ。

七〇代後半だろうか。黒い古びたコートを着ていた。耳元にはパールのイヤリングと、胸元には琥珀《こはく》らしいネックレスが下げられている。

「うちに用があるのか?」

ジャックは訊《たず》ねた。

「それすら分からないのか? だとしたらこの賭けは成り立ちすらしないな」

心底あきれたように、刻が肩を竦める。

「おい…! 待てよ」

ジャックは焦る。せっかくキスできるかもしれないチャンスを、逃すわけにはいかない。

もう何度も口説いては振られ続けているのだ。この目の前の、極上の男に。

「年は七〇代後半、見なりから考えるに、あまり裕福ではないな。コートは大分古そうだ。旦那がなけなしの財産を浮気相手にでも貢《みつ》いで、それで相手の素行調査を依頼、そんなとこか? それか」

「二つもか?」

「少しでも確率は高いほうがいいだろう？　息子か孫の結婚相手の素行調査、違うか？」

探偵事務所に持ち込まれる依頼のうち、多いのはやはり、恋愛に関するものだ。

「ふうん。まあいいだろう。二つでも三つでも、もっと挙《あ》げたらどうだ？」

最初から、ジャックの推理など、刻は歯牙にかけないようだ。軽い屈辱をジャックは覚える。

だがこの男と付き合うのに、それくらいで傷ついていては身がもたない。

「あんたはどうなんだ？　ジェイ」

ジャックは刻の本名、時永《じえい》をもじって、彼をそう呼ぶ。

「そうだな。あの女はかなり裕福だ。だが、変にケチなところがある。コートが大したことがないのはそのせいだろう。そして多分、――真珠のネックレスを盗まれて、ここに来たんだ」


「おやおや」

入るなり、女は眉をしかめてみせた。近くで見ればずい分と、意地の悪い顔つきをした女だった。

「どうぞ、中に。何かご不審な点でも？」

ドアを開けたのは、ジャックだ。刻は部屋の奥のデスク脇に立ったまま、その光景を見つめている。

彼女が本当に、この事務所に用があったことが、ジャックには驚きだった。

「いえね。ここには優秀な探偵がいると聞いていたんだけど」

胡乱《うろん》な目つきで、女は値踏みするような視線を、二人に投げかける。じろじろと見られながら、手腕を推《お》し量られるのは、誰もいい心地がするものでもない。

「何かご心配なことでも？」

不快さをさりげなく隠しながら、ジャックは訊ねた。

「ずい分若そうだと思ったんでね。せっかく来たのに無駄足踏まされたら、たまったもんじゃないからね」

さすがに、その言い方にジャックもかちんとなる。勝手に来たくせに、ずい分勝手な言い草だ。

年齢を重ねれば、生き様が表情や雰囲気に現れるものだ。

他人は自分の都合に合わせて当然と言いたげな横柄《おうへい》さが、彼女にはあった。

一度でも権力を手に入れた経験を持つ人間の傲慢《ごうまん》さだ。だがそれは、彼女のことを知らない社会においては、通用しない。

「まあまあ、とりあえず、せっかくいらしたのですから。こちらにお掛けください」

部屋の中央には、応接用のソファセットが置いてある。

刻が鷹揚《おうよう》に、女に椅子を勧める。

「あんたが探偵さん？」

「そうです」

刻も彼女の前に腰かけると、営業用の微笑みを浮かべながら答えた。刻の微笑みに、女はさすがに毒気を抜かれたようだ。たじろぐ様子を見せる。

営業用であっても、その笑みを自分にもたまには向けて欲しいとジャックは思った。

「じゃあ、そっちの人は？」

「ロンドン警視庁の警部です。たまにこうして、私の助手を務めてくれています」

「まあまあ」

老女は驚いたようだった。

「警察が何でここに？」

わずかに、彼女はたじろぐ。だがすぐに、用件を思い出したのか、彼女の顔に怒りが浮かぶ。

「どうなさいました？」

彼女は、マーシュと名乗った。

「うちで私が大切にしている黒真珠のネックレスが今朝、盗まれたんだよ。黒薔薇の雫っていう素晴らしい真珠のね。気づいてからすぐに、孫に見張らせて使用人たちを屋敷から出してはいないけど、――うちの使用人が盗んだと思うんだ」


ジャックの完敗だった。すでに老婦人は帰宅していた。

「いい加減諦めろ」

先ほど老女が座っていた場所で、うなだれるジャックを、刻がこともなげにいなす。

この男の口唇を奪うことは、ジャックにとっては大きな望みでも、刻にとってはどうでもいいことに過ぎない。

「諦めない。絶対に」

それは、今日の賭けのことじゃない。目の前の男のことだ。

「ふん、勝手にしろ。じゃ」

そう言うと、刻はさっさと支度を始めてしまう。

「おい」

ジャックは焦って立ち上がる。

「どこに行くんだ?」

いつもはそれほど仕事を入れすぎないようにしている刻が、こんなふうに急に動き出すのは珍しい。

「彼女の屋敷だ。黒真珠が盗まれてから、屋敷で働く人間を誰も外に出していないと言っていただろう? 早く行かないと、彼らがかわいそうだ」

刻もマーシュ夫人に同情する気はさらさらないようだ。

「俺も行こう」

ジャックがコートを羽織《はお》るのを、刻が面白そうに見つめている。

事務所を出ると、二人は車に乗り込む。運転はジャックだ。

「どうして分かった?」

当然生じる疑問を、ジャックは訊ねる。

「別に。大したことじゃない。耳元の真珠のイヤリングは大ぶりで、大概《たいがい》ああいう夫人は胸元も同じ質の宝石で揃《そろ》えようとするものさ。だが、胸元には真珠はなかった。だからつけたくても、つけられない事情があるんじゃないかと思っただけだ。そして意地の悪い顔つきから、強欲そうで、ケチなんじゃないかと思ったのさ」

後のほうにはジャックに対するからかいが含まれていたように思う。

確かに、言われてみれば胸元の琥珀は、黒真珠のイヤリングに不釣り合いだった。言われて気づくのは簡単なことだ。だが、後から聞いて分かっても、先に気づくことは難しい。

「使用人が疑われているようだが」

「そうだな。とりあえず報酬をもらって、さっさと帰ろう。後から踏み倒されないよう、契約書にサインはもらってあるし。ああいう女性は、宝石が見つかったら急に、報酬を払うのが惜しくなるだろうしな」

刻は成功するつもりでいるらしい。ビジネスである以上、先に契約を結ぶのは当然だ。互いに食い違わないよう、条件を詰めて、納得した上で刻は仕事に取りかかる。ビジネスライクで人情をそこに挟まない。どんな仕事にもクールに取り組む。探偵という業種だからかもしれない。だが逆に、先に交わした契約書は、自分をも縛りつけることになる。よほど仕事に自信がなければ、自分をも縛りつける契約書を、交わすことは難しい。

契約書があれば、仕事で失敗しても、途中大変な事態が発生しても、逃げられないからだ。

「着いた。ここらしい」

話している間に、屋敷に辿《たど》り着く。大きな屋敷だった。

さっさと車を降りる刻に、ジャックはついていった。

包んでいた。

「どうぞ。こちらです」

刻とジャックを、年若い男性が出迎えた。すらりとした格好良い青年で、ボーイの衣装に身を包んでいた。

一階の応接室に通され、そこにはマーシュ夫人が憮然《ぶぜん》とした表情で、ソファに腰かけていた。対面にはやはり、横柄な態度で若い男性が座っている。そして、彼らの前に、不安そうに使用人たちが横並びに立たされていた。

「気づいたのは今朝だよ。滅多に取り出さないのだけれど、今度パーティーに招待されていて、その前に宝石商を呼んで、色々と磨き直してもらおうと思って準備していたのさ。だから、ここに朝、ちゃんと黒真珠があることを確かめていた。それが、昼に取りに行ったらもうなかった。だから、盗まれたのは今朝から昼までのうち、なんだよ」

じろり、とマーシュ夫人が使用人たちを睨みつける。

「外部からの侵入の可能性は？」

ジャックが訊ねる。

「今日は誰もこの屋敷を訊ねてはこなかった。それに部外者の誰が、私の黒真珠が寝室の宝石箱にあると知っているんだい？　しかも鍵を開けて黒真珠だけ取り出していくなんて」

「確かに」

外から初めてやってきた人間が、寝室に迷わず辿り着き、正確に宝石箱を探し出し、しかも鍵を開けて取り出していったとは考えにくい。

「私の寝室に出入りできるのは彼らだけよ」

彼女の前に立たされているのは、先ほど、刻たちを出迎えたボーイと、掃除全般などのメイド業務を担当する一人の少年と、老齢のコックと彼の夫人らしい女中だ。少年は線の細い体つきをしていた。青ざめて頼りなげな様子で、ボーイが先ほどから心配そうに彼を見つめている。

「この屋敷を管理するには、ずい分人数が少ない気がしますが。それに執事は？」

先ほどのボーイが、執事らしい仕事も兼ねているのだろうか。門構えは貴族の屋敷らしい。だが、あまり手入れが行き届いていないのは、明らかに人が少ないせいだ。

「人を多く雇っても金がかかるだけだからね。誰も満足な仕事はしないし」

ふん、と夫人が鼻を鳴らす。

彼女が主人では優秀な執事はいつかないだろう。優秀な執事は、プロとして自身の職務にプライドを持っているからこそ、高額な報酬を要求する。安い報酬で買い叩こうとすれば、結局、安い仕事しかしない人間しか集まらない。そして仕事の質全体が下がり、屋敷自体が斜陽《しゃよう》になっていく。

年齢が若いからこそ、給与も安く抑えられる。だがそれでは、一番大切な、仕事に対するプライドやる気を、削《そ》いでしまうことになる。

彼女にはプロを育てようという奉仕精神もない。

実直そうに見えるボーイに、ジャックは同情した。これでは、彼らが十分な給与を払われているか疑問だ。夫人に搾取《さくしゅ》されているかもしれない。

強者が弱者を酷使し、その蜜を吸って膨《ふく》れ上がるのは世の習いだ。

「孫に彼らの身体は調べさせた。誰も黒真珠を身につけてはいなかった。部屋にもなかった。けれど絶対にまだ、この屋敷のどこかにあると思うんだ」

夫人が告げる。体格のいい彼女の孫、ウィラードと名乗る男がちらりと使用人の少年を見る。

彼はびくりと身を竦ませた。その様子を、ボーイが燃えるような瞳で見つめている。

「分かりました。とりあえず、宝石があったという現場を見せてもらえませんか?」

今まで黙ったままだった刻が、初めて口を開いた。

寝室は二階にあった。化粧台、大きな姿見、戸棚などが置かれている。

刻は入り込むと、遠慮なく周囲を見渡し始めた。ベッドは既に十分に探したのか、ひっくり返した形跡まであった。スプリングの間まで見たのか、これでは戻すのが大変そうだ。

「今日は別のベッドで寝なけりゃならないだろうな。ベッドが変わると寝にくい」

ジャックが言えば、刻はおや、という顔つきをする。

「そんな繊細《せんさい》だったのか？　ベッドが変わると寝にくいなんて」

「悪かったな」

相変わらず、刻は口が悪い。

「ここの掃除やベッドメイクはいつも君が？」

刻が背後を振り返る。

「はい。そうです」

ルースという少年が答える。

「もちろん、重点的に彼のことは調べたわよ」

「そんな…」

夫人に睨みつけられ、ルースが青ざめる。部屋の掃除も担当し、自由に出入りできる立場となると、真っ先に疑われて当然だ。先ほどウィラードに見つめられ、ルースは身体を縮こまらせていたが、この屋敷では今、最も疑われていると言っていいだろう。身体検査もかなり、ウィラードに重点的にされたらしい。

「僕は……」

大きな瞳が、救いを求めるように刻に向けられる。守ってやりたくなるような印象の少年だ。

「だが、君がやっていないという証拠もない」

刻は冷たく彼を突き放す。

「おい、そんな言い方はないだろう？　かわいそうに」

さすがに、ジャックは刻に抗議する。彼の代わりに怒ってやれば、ルースが切なげにジャックを見上げた。彼のような美形に頼りにされるのは、悪くない気分だ。

それに、彼の手は擦り切れていた。あの強欲そうな女のことだ。満足に休憩すら与えられない環境で、無理やり働かされているに違いない。

そう思えば同情が込み上げた。

どうせなら、あの女は少しくらい困ったほうがいい。とは、もちろん、口に出せない。

警察に勤めるくせに、どちらか一方の肩を持つのは、さすがに気が引ける。

もちろん、正義と別に、人間としての感情は持ち合わせている。

刻はそれを、持ち合わせていないように、たまに思える。

「で？　なくなったときの状況は？」

「真珠を確認してから宝石箱にしまったんだ。そこに、ルースが部屋の掃除にやってきた。お茶の支度ができたと孫のウィラードが呼んでいると言われて、私は部屋を出た。でも、ウィラードと行き違いになってしまってね。下に下りてもウィラードはいなかった」

「ええ。私は祖母を呼びに上に行ったんです。そうしたら、ルースが祖母の部屋で一人で掃除をしていました」

ウィラードが答える。続けてマーシュ夫人もまくしたてた。

「行き違いになったと思って、それで、私はもう一度、自分の部屋に戻ったんだよ。今度は私が、ウィラードを迎えにね。部屋にはルースがいた。虫の知らせって言うんだろうね。胸騒ぎがして何となく、宝石箱を確かめてみると…中にネックレスが入ってなかったんだ！」

確かに、今のままではルースに圧倒的に不利だ。

「すぐに調べさせたよ。でも持っていなかった。一体どこに隠したのか」

既に犯人は決まり、どこに宝石を隠したかということだけが、論点になりつつあった。

「まあお待ちください。確認しますけれど……マーシュ夫人、あなたは宝石が戻るのが一番なんですか？　それとも、犯人を見つけ出すことを私にお望みですか？」

「どちらもよ」

「どちらかといえば？」

「それは…宝石に決まってるじゃない。犯人を痛い目を遭わせてやるより、宝石のほうが大事よ」

「分かりました。ルース、君はこの部屋をずっと出なかった？」

「…はい」

刻が訊ねると、ルースが答える。

「分かりました。それじゃ、とりあえず普段の仕事にお戻りください。これ以上疑惑の目を向けられたくなければ、互いの目につくところにいたほうがいいですよ」

刻が指示する。彼らが夫人の寝室を出て行くと、刻は部屋から応接室へと向かった。


応接室に入った途端、刻は再び、夫人の寝室に戻った。いつもよりもゆっくりとした足取りに、ジャックは焦れた思いを味わう。

「一階の物音は、二階にあるこの部屋からは聞こえないな。だが、同じフロアにある部屋の扉の開け閉めは聞こえる、と。突き当たりにはボーイ用の作業場がある、か」

刻は隣の部屋の扉を、開けたり閉めたりしていた。

「五分か」

刻が呟く。

「何をしてるんだ?」

「夫人がこの部屋を出て、応接室に下りてウィラードを探し、またこの寝室に戻ってくるまでの時間さ」

「たった五分の間、しかもルースは部屋から出なかったと言っている。なのに黒真珠はなくなっていた」

やはり、ルースが怪しいのだろうか。

「まさかお前、ルースが怪しいとでも思ってるんじゃないだろうな?」

疑惑をずばりと指摘され、ジャックは言葉を詰まらせる。

「違うのか?」

この男には敵《かな》わない。思いつきすら見透かされ、ジャックはたじろぐ。

「だからお前は底が浅いというんだ」

「それならお前は、犯人が分かったというのか?」

負けずにジャックは言い返す。さすがにやられっぱなしでは面白くない。

「こんな簡単な事件もない。だが、その後をどうするか、だな」

刻が考え込む。

ジャックは驚く。一体この男の頭の中は、どうなっているのだろう。

「犯人は？」

「それより、彼女の宝石商と連絡を取れ。メンテナンスを担当しているのなら、盗まれた黒真珠のネックレスがどういうものだったか、知っているだろう。詳しく特徴を聞いてこい」

「分かった」

彼にいいように利用されているだけのような気がする。だが、逆らう気はない。純粋にこの男が何をしようとしているかということにも、興味が湧いた。

だから、勝ち負けとは関係なく、この男の指示に、従ってしまう。

その後、ネックレスの特徴はすぐに分かった。

「ふうん……」

刻はそれからどこかに連絡をしているようだった。

「どうするんだ？　そんなことを聞いて」

「これが一番重要だ。さて。三時間ほど休もう。ボーイにお茶でも淹《い》れてもらおうか？　俺たちの目が届くところに、置いておいたほうがいい」

余裕ある刻の発言に、ジャックは面食らう。

「ボーイが怪しいのか?」

すると、刻は短絡的な、と言いたげな瞳をちらりと向ける。

「下に行こう。ここのお茶は古くないかな?」


「…どうぞ」

「ありがとう」

ボーイがお茶を運び、刻がそれを受け取る。刻は口をつけると、すぐに表情を綻ばせる。

「美味いな」

「え?」

いきなり褒《ほ》められて、ボーイは驚いたようだった。名前を訊ねるとエステアと名乗った。

「美味しいお茶を淹れる人に、悪い人はいない。なんて言うつもりもないが、丁寧《ていねい》に淹れてあるのが分かる。君はきちんとした仕事をする誠実さがあるね」

「それは、…ありがとうございます」

褒められているのか分からない言い方だったが、エステアは頭を下げる。

「どんな仕事であっても、与えられた仕事に全力を尽くすのは、素晴らしいことだ。認めてくれる人がいなくても、自分に誇りを持っていられる。まあ誰かが見てくれているだろうけどね。さて、君はどのくらいここで働いているんだ？」

「もう五年になります」

「へえ、それじゃずいぶん以前から働いているんだね」

「ええ。ルースも同じくらいになります」

「ルースも？」

ジャックは驚く。

「彼のほうが君よりもっと年下じゃないか。なのにそんな若い頃から、ずっとここで働いているのかい？」

「はい。両親が――ここの夫人に借金をしていたので。ルースも同様です。こんなことを言えば、ますます僕たちに嫌疑《けんぎ》がかかりますか？」

エステアがジャックを睨みつける。夫人は客用の寝室で横になっている。さすがに、精神的に疲れたようだ。

「安い労働力だと思いますよ。最低限の生活費以外は、借金の返済という名目で、働かされているんですから」

彼の話は理路整然としている。頭がいい印象を受けた。

「君なら他のことをしても、返済ができるんじゃないか？　なのに何でここで働いている？」

「それは……」

エステアがちらりと廊下のほうを見た。そこでは、ルースが立ち働いている。互いに見える場所に、刻は彼らを置いていた。

「僕たちは日雇い労働者のようなものですからね。最初に部屋を借りる金もない。真面目に働いていても、ここから抜け出すには、ある程度まとまったお金が必要だ。けれどそれを貯めることも、できないからですよ」

その他にも、もしかしたら彼をここに留める大きな理由があるような気がした。例えば……。

「ルースと仲がいいんだね」

「…ええ」

苦労しているからこそ、通じるものが彼らにはあるのだろう。

「そろそろかな」

悠長《ゆうちょう》にお茶を楽しんでいた刻が、腰を上げる。

そのとき、屋敷に刻宛の荷物が届いた。

「何が届いたんだ？」

「ちょっとね」

刻に届いたのは、小さな箱だった。

「ウィラードさん」

刻が声を掛ける。

「はい？」

「こちらのジャックが、絵画に興味があるそうで。この部屋に飾ってある絵について、講義を受けたいそうなんですが」

いきなり何を言い出すんだ。

ジャックは面食らう。ジャックはこの屋敷の絵画には、さほど興味がない。

「そうなんですか？」

疑わしげな目が、ジャックに向けられる。

「ぜひお話を聞かせてやってください。私はコックに夕食にはローストビーフがいいと、リクエストをしてきますので」

「はあ…」

刻の図々しい要望に、ウィラードもあきれたようだった。

「まあ、どうぞ」

刻が姿を消した後、応接室でジャックは対面に座る。

「ずい分、のんきな方なんですね」

「はあ」

ウィラードのあきれたような言い方も、今のジャックには反論もできない。

「以前から割と、食事にはうるさいほうで」

ジャックは言った。

美味いまずいと批評するという意味ではない。刻は仕事に対する達成感や充実感を味わうのと同じくらい、自分を大切にすることに、心を砕く人物だ。

……あまり、ジャックのことは大切にしないが。

自分を大切にすること、忙しいとそれがおざなりになりがちだ。だが刻はきちんとした温かく美味しい食事を、ゆったりと取る時間をまず生活の第一に考える。その上で、余った時間に仕事をする。

探偵という職業から想像される生活とは、真逆のスタイルかもしれない。珍しいと言えるかもしれない。だが、人と違う生活スタイルをしていることを、刻が気にした様子はない。

個性は重んじられるべきというのは、刻の持論だ。彼にとって、都合のいい理屈なだけかもしれなかったが。

「それで、どの絵画に興味があるんです？」

「えっとですね」

まったく、恨むぞ、ジェイ。興味もないのに、適当な言葉を、ひねり出す羽目になった。

それから暫《しばら》くの間、ジャックはまったく興味がない話題に付き合う。まるで拷問だった。

しかも彼は、話していてあまり、面白い相手ではなかった。相手に対する、気配りというものが感じられない。表情も殆《ほとん》ど変わらず、感動や感心といったものも、薄いようだ。

「まったく、一体、何をやっているんだい！」

暫くすると、応接室に夫人が戻ってくる。ウィラードとジャックが悠長に座り込んで話しているのを、真っ先に咎《とが》める。

「あんたのところの探偵も、コックから聞いたけど、さっきまでここでケーキを食べてお茶を飲んでたらしいじゃないか。うちには働かない者に食べさせるケーキはないよ！」

お茶は飲んだけれど、ケーキは出てこなかった。そう告げれば、火に油を注ぐようで、ジャックは黙っていることにした。気に食わない相手だと、人は適当なことを勝手に色々言うものらしい。彼女を相手にしていると、ケーキを三つも四つも食べたことにされそうだ。そしてそのうち、夕飯も食べていったことにされてしまうのだろう。

「探偵はどこに行ったんだい？　まったく優秀だって聞いたから頼んだっていうのに」

「どうも。優秀な探偵です。光栄ですね」

「ジェイ！」

人を食ったような物言いで、刻が戻ってくる。

「どこに行ってたんだ？」

つい、夫人でなくても咎める眼差しを向けてしまう。

「ちょっと探し物を。夫人、今日のお召し物には、琥珀はあまりお似合いになりませんよ」

「仕方ないじゃないか。分かっているくせに！」

真珠がないからだ。夫人はとうとう、怒りを爆発させた。

ジャックのほうが、見ていてはらはらしそうになる。

「こちらのほうがお似合いになると思うのですが」

そう言って、刻はポケットから何かを取り出し、手のひらに乗せて彼女の首に掛けようとする。

女性にアクセサリーをつけるのに慣れているのか、気障《きざ》な姿だ。ちりっとジャックの胸が焦げつく。

そして、ジャックも目を見開いた。

「何だって？　まあ！」

夫人は胸元に視線を落とし、次の瞬間、気を失いそうになった。

「おっと。お気をつけください」

床に倒れ込む前に、刻が彼女の身体を支える。

「一体…一体…」

彼女の口唇が震えていた。声を出すこともままならないほど、驚いているようだ。

胸元には、黒真珠のネックレスが掛けられていた。

「何だって……」

ジャックの前で、ウィラードも腰を浮かし、絶句する。

「きちんとお仕事をさせていただきましたよ。ケーキを食べさせていただいた分はね」

刻はそう釘を刺すことを忘れない。

「その、どうやって見つけたんだい？　い、一体、どこに？　誰が？」

「そんなに一度に訊かれても困ります。まず確認しますが、盗まれたのはこちらのネックレスでよろしいんですね？」

刻の表情は相変わらず変わらない。

夫人でなくても、ジャックもはやる気持ちを止められない。

本当にこの男は、一体どんなマジックを使ったというのだろう。

底知れない畏怖《いふ》の念を覚えた。

「そうだよ。これほど大きな黒真珠は、滅多に手に入れられるものじゃないよ。金具の傷、これには覚えがある。そう、このネックレスだよ」

夫人は大切そうに視線を胸元に落とす。

「それじゃ、今度こそ、きちんと金庫に保管したらいかがですか？　誰にも取り出せないようにね」

「わ、分かったよ。すぐに厳重にしまい込んで、絶対に取り出せないようにするわ」

彼女は勢い込んで言う。

「それで？　犯人はやはりルースだったのかい？　どこにあったんだい？」

メイドの仕事をしていた少年を、名指しで告げる。

「ええ。ボーイのエステアと共謀してね。エステアのベッドにありました」

「なんてことだい！　あれだけ目を掛けてやったのに。他に行くところもないって言うから、住まわせてやって働かせてやって、食事だって与えてやっていたのに！」

夫人は怒り心頭だ。ジャックもさすがに驚く。そして同情した。

人を見る目はある、と思う。彼らは実直そうで、犯罪に手を染めそうには見えない。

だがそんな彼らを犯罪に駆り立てるものがあったのだとしたら、きっと彼らをそこまで追いつめた環境が、悪いのだろうと思う。

多分それは、目の前の夫人だ。働かせてやったなどと恩着せがましく言っているが、実際に彼らが直面していた環境は、劣悪だった。

「奴らはどこに行ったんだい？」

「私が黒真珠を取り返した隙に、逃げられてしまいましたよ」

「何だって！」

ジャックも驚く。

「何で捕まえなかったんだい！　何が優秀な探偵だ。とんでもなく使えない男じゃないか！」

夫人が息巻いて、刻を責める。

「すみませんね。でも、真珠を取り戻すので精一杯だったものですから。彼らを捕まえるには、真珠を諦めなければなりませんでした。夫人に、真珠と犯人を捕まえるのと、どちらが大切かをお伺《うかが》いしたとき、真珠のほうを優先するようにとおっしゃっていましたから」

刻に切り返されて、夫人は声を詰まらせる。それ以上何も言えない。

「早く捕まえなければ。俺が応援を呼ぼうか？」

「いい、ジャック。俺のほうで既にあとを追わせている。安心しろ」

「なんだい、ならいいけど……」

夫人は刻の言葉にやっと、安堵のため息をつく。

「それじゃ、私は失礼します」

「そ、そうだね」

「ウィラードさんも、早く宝石をしまわれるよう、お祖母様とともに銀行の貸金庫にでも向かわれたらいかがです？　二度と、盗まれないようにね」

「あ、ああ」

ぽかんとしたままの二人を残し、刻がさっさと応接室を後にする。

「ちょ、ちょっと待ってくれ」

ジャックも慌てて、そのあとを追った。


「さて。さっさと帰ろう。エステアもルースもいない以上、美味しいお茶どころかあの家にはろくな夕飯も望めないからな。夕飯までには帰ろうと思っていたがよかったよ。家で美味しい夕飯にありつける。まったくあのコックはどんなケーキを出したんだろうな？」

相変わらずジャックに運転させて、助手席に深く刻が腰かける。この男は夕飯までに、事件を解決するつもりだったらしい。…ジャックにとっては、明日までかかりそうだった事件を。

「今日の夕飯は何がいい？　何が作りたい？」

作りたい、ということは、刻の中ではジャックが作ることになっているようだ。相変わらず勝手な男だ。

「おい」

ジャックは痺《しび》れを切らして、刻に訊ねた。

「何だ？」

「分かっているんだろう？　一体どうやってネックレスを見つけた？　そしてエステアとルースはどこに逃げたんだ？　あんたが追手を手配したのなら、今頃捕まってるだろうが」

「さあ。追手って何のことだ？」

「何？」

「エステアもルースも、今頃新しい世界で、楽しくやってるんじゃないか？　明日は雨が降るというから、傘くらいプレゼントしてやればよかったな。まあいいか。あれだけの宝石を持っていれば、傘くらい買えるだろう」

「……え？　追手は？」

「そんなもの、最初からいないさ」

思わず、ジャックはブレーキを踏み込む。キキーッと激しい音がして、車が止まった。

「乱暴な運転だな。まったく、推理だけじゃなく、運転も満足にできないのか？」

「おい。ジェイ！　犯人を逃がしたのか？」

「別に、犯人じゃないんだから、逃がしたという言い方は不適当だな」

「ジェイ」

声を荒げれば、刻は夕飯に間に合わないのを心配したのだろう。ようやく、真相を話し始めた。

真相を教えてくれたのはジャックのためじゃない。そう、自分の夕飯のためだ。

「そう急《せ》くな。何から聞きたい？」

「何からって、最初から話し始めて、真ん中もちゃんと話して、最後までちゃんと話すんだ！」

ふ、と刻が表情を和らげる。

「エステアとルースの二人は、強欲ばばあの横暴、おっと、両親が夫人にした借金に苦しんでいた。彼女は二人がいくら働いても、まだ足りないと屋敷に縛りつけて、ずっとボーイとして働かせていた」

「だから犯行に及んだのか？」

「真ん中も聞きたいんじゃなかったのか？」

短絡的な、と刻が咎める。

「続けてくれ」

ジャックは息を吸い込む。そうでなければ、怒りのあまり――力ずくで行為に及んでしまいそうだ。本気でやれば、この男に勝てる自信はある。

無理やり押し倒して、犯す。

だが一生、刻はジャックを許さないだろう。それは本意ではない。

「ルースのほうは立場が弱いことを利用され、ある男に関係を迫られてた。断るのが難しいと分かっている相手に、脅迫で無理に迫るなんて、男の風上にも置けない」

「それは誰だ？」

「ウィラードしかいないだろう」

「あいつが？」

ジャックは目を見開く。

あまりいい性格をしているようには見えなかった。ルースはずい分と綺麗な容姿をしていたし、心根も優しそうな少年だった。ウィラードが隣に並んでも、不釣り合いだ。権力を笠に着て、ルースに迫っていたのかと思うと、ルースに同情が込み上げる。

「ルースは必死でかわして、逃げようとしていた。彼を大切にしていたエステアも、何とか彼を守ろうとしていた」

「…そうか」

二人は無理に酷使されている間、助け合ってきたのかもしれない。

友情が芽生えたのかもしれない。

だから、ネックレスを盗んで逃げようとしたのだろうか。

「ある日、部屋でルースはいつもどおり、ベッドメイキングと掃除をしていた。マーシュ夫人はお茶を飲むために階下に下り、一人になったところに、ウィラードがやってきた」

刻に促され、ジャックは運転を再開する。

「そこで、ウィラードはルースを襲った」

「何だって！」

「だがルースは幸運にもウィラードから逃げ出すことができた。階下では物音は聞こえないが、同じフロアでは争う様子が聞こえる。ボーイのエステアは何があったかとボーイ用の仕事部屋を飛び出す。マーシュ夫人の部屋を確認するが、ルースも誰もいなかったから、エステアは部屋を後にする。ルースは逃げ出したものの、ウィラードの反応が心配で、一旦部屋に戻ってくる。仕事も途中だったしね。よほどマーシュ夫人も恐ろしいんだろうな。仕事を放り投げてさぼっていると思われれば、後でどんな罰を受けるか分からない」

「襲った相手がいるかもしれない場所に、戻らなければならないなんて」

「恐る恐るだろうな。ルースがいなければウィラードも諦めて、帰ったと思ったのかもしれない。

そっと窺えば、先ほどまで自分がいたマーシュ夫人の部屋から、エステアが出てくるのが見えた。それから、ウィラードがいないことを確かめて、部屋に戻る。そこに、マーシュ夫人が戻ってきたというわけさ」

「まさか、それって」

「そう、真珠が盗まれたときのことを、説明してやっただけだ。その光景をじっと、窺っている男がいた。ウィラードだ」

まるで、その場にこの男がいたのではないかという気にさせられる。

それでは犯人は……。

「ルースはもちろん、盗ってはいないと説明する。マーシュ夫人に身体検査を命じられ、ルースとウィラードが二人きりになったとき、ウィラードは恐ろしいことをルースに告げた。マーシュ夫人の部屋からエステアが出てくるのを、私も見た、とね」

「何てことだ。それじゃ、ルースは」

「ああ。エステアが盗ったのではないかと、ウィラードに信じ込まされた。彼を庇《かば》うために、部屋にずっといたと言えと脅《おど》された。それに、ルースも部屋を逃げ出した理由を、ウィラードに襲われそうになったのだとは、エステアに言えなかった」

ルースは一人で、苦しみ悩んでいたのだろう。

「ルースは、エステアが盗んだのは、自分のせいかもしれないと、思ったのかもしれないな。二重に苦しんだに違いない」

「かわいそうに」

ジャックは心から、少年に同情する。

「そしてエステアもだ。ルースはずっと部屋にいたと言う。だが、彼はルースが部屋にいなかったことを見ている。お互いを庇うために、本当のことが言えない」

二人は本当に、互いのことを、大切に思い合っていたのだろう。

「だから俺は、お茶を飲んだ」

ジャックは再び、ブレーキを踏みそうになる。

一体今の話のどこに、お茶を飲んだことに繋がる脈絡があるというのだろう。

「ケーキも食べたんだったな」

「そう」

しれっと刻が答える。

「俺の目の届くところに、二人を置いておいた。監視するためだと、お前のことだから思ったんじゃないか?」

今の言葉には、ジャックを馬鹿にするニュアンスが、含められているような気がする。

「違うのか？」

「違うに決まっているだろう？　見張っているということはつまり、二人が潔白だってことを、俺が証明できるじゃないか」

物事は一面からではなく、その逆から照らすこともできる。

「そして、一人、あえてフリーにする時間を作った」

「誰だそれは」

「ウィラードさ」

分かりきったことと、刻が言った。

「ウィラードはエステアに罪を着せようと、彼のベッドに真珠を隠しに行った。だから俺はそれを取り戻しに行くために、お前に足止めさせた」

「それが、絵画の話か？」

「そう。楽しい時間が過ごせただろう？」

刻にはジャックを利用することしか、頭にないらしい。あの行動に、そんな意味があったとは。

「それで、真珠を取り戻し、夫人の首に掛けてみせた、というわけか？」

「そう。エステアに罪を着せる。ルースが庇おうとしたアリバイは、ウィラードを庇うためのアリバイでもある。何事も反対を見れば真実ははっきりしてくる。そして、ルースが部屋を出て行った隙に、ウィラードは真珠を盗んだのさ。前もって合鍵でも用意するのは、孫なら容易なことだろう。身体検査を免《まぬが》れることもな」

しばし、ジャックは言葉を失う。

「…何で分かった？」

「祖母を一人にすることができたのも、ルースが逃げ切れる程度に加減して襲い、部屋に誰もいない状況を作れるのも、ウィラードしかいないだろう。しかもこれからお茶をするってときに襲うなんて、最初から本気じゃないのが見え見えじゃないか。だとしたら、なぜそんな行動を取ったんだ？」

刻には特に、誇らしげな様子も何も見えない。ウィラードに対する腹立たしさは、彼も抱いているらしい。

「後でエステアのせいにして、彼を屋敷から追い出す。ルースを疑心暗鬼にさせ、彼がエステアに抱いている愛情を奪う。または、エステアの件を脅迫材料に使い、ルースを今度こそ奪う。どちらにせよ、動機はろくなもんじゃないな」

刻が吐き捨てた。

「それで、ウィラードは罪を着せるために真珠をエステアのベッドに？　なぜ分かった？　っていうかあの二人……」

「本当に、人の心の機微に疎《うと》い奴だな。まず現場ではなく人を見ろ。どう見てもあの二人は、愛し合ってるじゃないか。そしてウィラードは夫人そっくりの意地悪そうな顔をしていた。意地の悪い顔つきをしている奴が犯人だ」

めちゃくちゃな理論かもしれない。だが妙に、説得力があった。

人の心の機微に疎い。それはそっくり刻に返してやりたい。だが、刻が冷徹なのは、ジャックにだけかもしれない。そう思えば、強くは言い出せない。

それか、優秀なこの男のことだ。ジャックの気持ちが分かっていて、ジャックを利用しているだけかもしれない。弄《もてあそ》ぶようなことをしそうだ。

「だから、あの二人を逃がしてやった。そうでなければまた、ウィラードがルースに何をするか分からないからな。見て見ぬふりをする、強姦の幇助《ほうじょ》なんてのは、俺も免れたい」

結果として、刻は二人を魔の手から救った。

「あの二人が……」

愛し合っていたと言われれば確かに、似合いの二人に見えた。大変なときも、二人支え合ってきたのだろう。

「逃げきれればいいけれど。だがそれが可能なのか？」

ただ逃がすだけで後の面倒を見なければ、それは自己満足に過ぎない。

「傘を買えるくらい、たっぷりと持っていると言った話を、聞いていなかったのか？　人の話をきちんと聞くのは、人と付き合う上での基本だぞ」

「そんなのはいい」

「よくない」

「何で、彼らが金を持っている⁉」

ジャックは運転しながら、刻に問う。事故を起こしてしまいそうだ。

「借金返済額を確かめたら、今まで働いた分の正当な報酬額のほうが上回ったからさ。その分の給料を支払うのは、雇用主の当然の義務だ」

「まさか。お前が払ったのか？」

彼らの逃亡資金を。

「なぜ？　俺には彼らに給料を払う義務はない。もちろん、正当な支払い主に出させたさ」

「夫人に？」

「快く払ってくれた上、感謝してくれたじゃないか。真珠は今頃金庫の中か。当分取り出さないだろうな。いや、もう出さないかもしれない。一生気づかないのなら、役に立つもののために、それを使ったほうがいいんじゃないか？」

怪しい言葉を、刻が呟く。

「それって……」

ある予感が脳裏を掠める。

「さすがに、模造真珠を取り寄せるのに、三時間かかった。そのせいでお茶を飲み続けなければならない羽目になった。ケーキもなくな」

刻は悪びれずに答える。

「もちろん、全部じゃない。真ん中のたった一粒だ。それくらいが妥当だろう。全部をすり替えれば、古さ、傷、汚れ具合で気づかれないとも限らない」

ジャックにネックレスの特徴やデザインを調べさせたのも、それから途中で届いた宅急便も最初から……。

一番真ん中の、ひときわ大きい黒真珠を、刻は偽物にすり替えたのだ。

そしてその真珠を二人に。

——こんな簡単な事件もない。だが、その後をどうするか、だな。

刻はそう言っていた。彼は事件を解決するだけではなく、その先を見通して、人を本当に幸せにする方法を、考えている。

この男と離れられないと感じるのは、こんなときだ。

一見、クールに見えるくせに、心根は誰より温かい男なのではないかと。

刻は、依頼された事件を解決するだけではなく、人を幸せにする解決を、導く。

「素直に退職金を払えと言っても難しいだろうからな。あの一粒を欲しがっている宝石商を、二人には紹介しておいた。それと、借金の証書、弁護士にも依頼しておいたから、彼女は違法な就労がばれまいと、証書を破り捨てることになるだろうな。警察を嫌がってたし、どのみち、二人を追いかけようとはしないさ。ウィラードも彼らを追いかければ、自分がしたことがばあさんにばれる。二人を追いかけたりはしない。二人は安心さ。ばあさんだって、犯人を逮捕するより、ネックレスを取り戻すことを優先してくれと言ったじゃないか。だからネックレスを取り戻した。本物でという依頼はなかったし。それでばあさんも満足。めでたしめでたし」

確かに、ジャックが同席していると知ったとき、警察がいることをあまり喜んではいない様子だった。

「……」

「何を納得しない顔をしている？」

「ジェイ……」

「一生、彼女は真珠を、金庫にしまい込むだろうな。お金を貯めてばかりで人に施《ほどこ》すことができないせいで、偽物だってことも気づかないだろうよ」

「それって依頼主を騙《だま》したことにならないのか？」

「皆ハッピーなんだからいいじゃないか」

飄々《ひょうひょう》とした表情で、いけしゃあしゃあと刻が告げる。ジャックはがっくりと肩を落とした。

「相変わらず、俺は利用されていただけか?」

つい、台詞が恨みがましくなってしまう。

「楽しくなかったか? ウィラードとの美術談義は」

せめて、この男に一矢報いてやりたい。

「苦労したんだ。せめてねぎらってはくれないか?」

意を決して、ジャックは刻に告げる。

彼の隣にいれば、痺れるような興奮と完敗を、いつも味わわされる。

それはジャックにとって初めての経験だった。

一度も勝てない相手が、この世に存在すると知ったのも。

どうせ断られる、諦めながらも、諦めきれない。すると。

「そうだな。…乾杯するか? 俺の家で」

どきり、とジャックの胸が鳴った。

彼が自宅にジャックを初めて、誘ってくれたからだ。

隣の彼の身体に、素早くジャックは視線を落とす。

スーツ姿の似合う肢体、抜群のスタイル、その素肌を暴きたいという欲求をいつも抱かされて憧れて、やまない。

今日こそ。絶対に。

ジャックの咽喉がごくりと鳴った。

ジャックは刻を家まで送る。そして。

「飲んだら運転はできないな。泊まっていくか?」

ジャックの胸が期待に膨れ上がる。

「あ、ああ」

刻が車から降りる。ドアを閉めながら、怪しくジャックを誘う。

艶然《えんぜん》とした瞳が、ジャックを見上げた。街灯が彼の瞳を照らし、彼の瞳が黒曜石《こくようせき》のように煌《きら》めく。この瞳を、泣かせることができたら。

じん、とジャックの下肢の付け根が疼《うず》き始める。

「泊まって、いいのか?」

思わず、上ずった声を出してしまったかもしれない。

部屋の前まで歩き、ドアに鍵を刻が差し込む。

扉が開く。あと一歩。あと一歩で彼の家の中だ……。

寝室はどこだろう。ジャックの頭が想像と期待でいっぱいになる。

「あ」

「何だ？」

扉の前で、いきなり彼が足を止めた。

「お前は自分の家のベッドじゃなければ、寝にくいんだったな」

——今日は別のベッドで寝なけりゃならないだろうな。ベッドが変わると寝にくい。

夫人の寝室で、ベッドがひっくり返されて、探し回った形跡があるときに、ジャックが言った言葉だ。

刻はしつこく、覚えていたらしい。

「残念だな。それじゃ」

刻は言い置くと、あっさりとジャックの前で、扉を閉めてしまう。

「おい…！」

扉は二度と、内側から開かない。

「どうしてくれるんだ」

熱くなった身体を持てあまし、ジャックは深い溜息をつく。

休日、一日中利用され、家まで送らされてこのありさまだ。

だが、強引に押し倒すのは趣味じゃない。
彼から身体を開かなければ、この恋は意味がない。
いつか、彼からこの鍵を、開けさせてみせる。彼の心も身体も開いてみせる。
前途多難と溜息をつきながらも、新たな闘志を胸に、ジャックは燃やしていた。

おしまい♪

再会は夢のように

彼《か》の人はいつも、夢見るような瞳をしていた。

その瞳が、映すのは一体誰なのか。

「調《しらべ》さんって素敵よね……」

大学の同級生が、調の姿を見てうっとりと溜息をつく。

「本当に格好良くて綺麗で、あんな人がいるのね」

女生徒たちの憧れの眼差しを、調は集めてやまない。

「ノーマンもよ。二人がいなくなるなんて信じられないわ」

講堂の窓際に座る調の許に、ノーマンが近づく。絵になる二人と、いつも彼らは称賛を受けていた。

「明日、卒業だな」

「…ああ」

調は窓にそよぐ新緑の風を、気持ちよさそうに頬に受けている。しなやかな髪が風になびく姿に、級友が見惚れている。

青々とした木々から零れる光を受け、調の瞳が煌めく。木漏《こも》れ日の中、調が外を眺める姿は、まるで一枚の絵のようにその場にあった。だが、その瞳には誰も映さない。

夢を見るようにいつも、ここに座り、調は外を眺める。

「まさか高校の寄宿舎から、大学の寮まで一緒だとは思わなかった」

「そうだな。転校してまた、大学で会うなんて」

調がやっと、その瞳にノーマンを映す。

「でも今度こそ、離れることになるな」

腐れ縁が切れることを喜ぶかのようにからかってみせ、調が告げる。

卒業後、二人は別々の道を歩む。ノーマンはロンドンで就職が決まっていた。

「調」

「何だ？」

「卒業したら、一緒に暮らさないか？」

ある決意を告げれば、からかうようだった調の表情が消えた。

いつの間にか、講堂には誰もいない。

「分かっているんだろう？　俺の気持ちは。高校のときからずっと、お前を好きだと言っているはずだ」

「…知ってる」

ノーマンは何度も調に告白した。

周囲はいつも一緒にいる二人を、恋人同士だと思っているらしかった。

だが現実は、ノーマンにとって嬉しくはないものだ。

「お前の心を占めている誰か、……それを、俺は忘れさせてみせる」

ノーマンは調の肩を摑む。彼の瞳を、自分に向けさせる。

「もう、十分待っただろう？　もう、お前も過去を忘れて……前を向いて生きて、いい頃だ」

調の瞳が切なげに歪む。

「幸せになっても、いいだろう？」

ノーマンは調の身体を引き寄せる。彼に触れてしまえば止まらない。

調を抱き締める――。

このまま、抱き締めて、閉じ込めてしまうことができたなら。その瞳ごと夢の中に。

ノーマンが調を、机の上に押し倒していく。

いっそ、力ずくで。調の抵抗はない。

彼のシャツを引き裂こうとしたとき、調が静かに言った。

「愛がなくても、いいのなら」

ぴたり、とノーマンの腕が止まる。

卑怯だ。絶対に手が出せない切り札を、調は用意していた。

だから、ノーマンもそれが卑怯だと分かっていても、ある取引を持ちかける。

彼を幸せにするための、取引だ。

「やめて欲しいなら、約束してくれ」

「何を?」

「卒業したら、俺と付き合うこと」

「ノーマン……」

「もう、タイムリミットだ」

過去の傷を抱えるのも。

いくら調が待っても、その人は調に、会いには来なかったのだから。

「さもなければ、このまま、奪う。たとえお前が、一生俺を許さなくても」

ノーマンがまっすぐに調を見下ろす。

タイムリミット。

調は静かに、空を見つめる。

待つのに十分な時が流れた。高校を卒業し、大学を卒業して。

夢から調を救い出し、止まった時を再び動かすのは一体誰なのだろう。

卒業式当日――。

初夏の花々が咲き乱れ、式に彩りを与える。

すべてが生命力に溢れ、いきいきとした魅力に溢れている。

「卒業式、誰か来ているのか？」

「兄が来てくれることになってる。正門で待ち合わせする約束だ」

ノーマンの問いに、調は答えた。

「兄さんが来ているのか？　ぜひ紹介してくれ」

「そうだな。そのうちに」

調はふっとクールに笑んでみせる。その表情に、周囲の視線が一気に注がれるのが分かる。

卒業式、最後に調のその美しく格好良い姿を目に焼きつけようと、生徒たちが鈴なりになっている。

ふと、彼らがざわめく。ある話題がノーマンの許に届く。

「門の前に、ものすごく格好良い人がいるのよ！　サングラスして、大きな花束抱えて。ものすごく絵になるのよ」

彼女たちは酷く興奮しているようだった。

「誰を待ってるのかしらね」

「淡いピンクの薔薇がね、多分一〇〇本はあると思うのよ。卒業生を迎えに来たに決まってるじゃない！」

「悔しい！　誰よそんな幸運な人は」

興奮しきっていることからも、本当に格好良い男が、待っているのだろう。

「誰だ？　門に？」

「ずい分派手な真似をする奴だな」

ノーマンはあきれた溜息をつく。

「まさか、兄か？」

ふと、調が呟く。

「お前の兄さん、格好良いもんな」

俳優として成功している響は有名で、雑誌などにもよく登場している。

「ああ。本当に格好良いよ。自慢の兄なんだ」

調は誇らしげに告げる。けれどその中に、かすかな切なさが、混じるのにノーマンは気づいた。

けれどすぐに、その気配を調は消してしまう。

「でも、薔薇を一〇〇本も用意して、待ってるわけがない。誰だろう？」

「見に行ってみるか？」

ノーマンはからかいながら告げる。

二人で、門に向かう。

門を出れば、二人はこの場所を卒業する。そして、新しい門出とともに、調も新しい一歩を踏み出す。

それももう、間もなくだ。ノーマンの胸が、期待に踊る。

男が門を背に、もたれるようにして立っていた。口元からは煙草の煙が揺らぐ。かなり待っているらしい。そして、胸元には大きな花束を抱えていた。

サングラスがワイルドな印象に拍車を掛ける。一見、恐ろしげにも見えるかもしれない。

調が、ぴたりと足を止めた。

気配に気づいたのか、男が振り返る。そして。

男がサングラスを外した。


「調」

調が、目を見開く。サングラスを取る前から、気づいていたのかもしれない。

はっとノーマンは身体を強張らせる。

一気に時が、戻ったような錯覚を覚える。

絵になる男が待っていたのは、大学で一番美しいと評判の調だ。

あまりに劇的で絵のような光景に、周囲が驚きとともに彼らを見つめる。

「…綺麗になったな。調」

気障な台詞《せりふ》でも、彼が言うと自然だ。そしてそれほどに、調は美しかったから。

「……」

調は、声が出ないようだ。ただ、ずっと目の前の男を見つめている。

互いが互いを見つめ合う。

お互いの胸に交錯《こうさく》するのは、一体どんな感情だろう。

調はずっと黙ったままで、ノーマンが焦れて促そうとした頃、やっと口を開いた。

「…兄さんは？」

何を話していいか、分からないようだ。

兄が待っているはずの場所に、別の人がいた。そのことをまず、訊ねる。

「彼は来ない。俺が——これからのお前の人生を、任された」

調の目が、大きく見開かれる。

兄の許から、恋人の許へと。

そのとき、一陣の風が舞い降り、白い花が雪のように二人に降ってくる。

二人の前に、白い花の道ができるように見えた。バージンロードを家族から、大切な人へと託されるように。

陽光に輝くそれは、雪の花びらのようにも思えた。

二人の中に、懐かしげな何かが浮かぶ。

もしかしたら、…初めて会った日も、同じような光景があったのかもしれない。

「お前が俺の許から去った日、俺はお前を追いかけた。必死で走った。でも間に合わなかった」

調は驚いたようだった。

「あなたが、…まさか」

調が待っている場所に、来なかった人だ。だが彼は、ちゃんと迎えに行ったのだ。

「遅くなってすまなかった。だが今度こそ、幸せにしてやれる。だから、迎えに来た。お前を幸せにするために」

彼の真剣な瞳が、調を見つめる。調をはっきりと映している。

「ずっと探していた。いつか、お前が俺を探し出してくれたように。自分だけの力で、お前を見

つけた。見つけてから、響に挨拶に行った」

そして、彼は来た。調を幸せにする、自信をつけてから。

だが、彼にもし恋人がいたら、どうするつもりだったのだろう。

「お前に恋人がいないことも、知っている」

調が口を開く前に、男は言った。

「愛してる」

男は、はっきりと言った。

調が息を呑んだ。

「今でも、別れてからもずっと、——お前だけを」

調は何も言わない。ただ、男を見つめている。

「俺の許に来い。幸せにしてやる」

周囲が調の返事を待っている。

固唾《かたず》を呑んで、二人を見守っている。

調はずっと、別れてからも、努力していたのだろう。

彼の美しさはすべて、たった一人の男に、捧げられるためだけに。

ノーマンのためじゃない。

「来るんだ。調」

何も言わない調に、男は強い口調で告げる。迷いを、なくすように。

たとえ、調に誰か別の恋人がいたとしても、誰よりも調を幸せにする、自信に溢れていた。

年月が、そして調が、彼を自信が持てるだけの男に変えた。

ノーマンはそっと目を閉じる。愛する者の幸せが、自分の幸福だ。

「はい」

調は頷いた。

「あなたに、——ついていきます」

彼の言葉に、迷いはなかった。

「さらってください」

まっすぐに彼を見上げた調は、誰よりも何よりも、美しかった。

周囲が、声にならない悲鳴を、上げたような気がした。

二人の幸福を望むように、そして、最大の祝福を込めて。

「調先輩！」

男の許に歩き出した調を、調に憧れていた人々が引き止める声がする。

「悪いな。さらうぞ」

騒ぎ出す周囲に、男が優越感を滲ませながら、気障に告げる。

男が調の肩を抱いた。そして、騒ぎが大きくなる前に、門を抜け出す。

調は、振り返らなかった。

あとは蜂の巣をつついたような騒ぎになった。

卒業式にノーマンの許から連れ去られていく。

タイムリミットまであと少し、男は間に合ったのだ。

そして、すべては夢の中。夢よりもなお鮮やかに、卒業式に出席した人々の胸に、刻みつけられる。

調が、ノーマンの中で思い出になっていく。

たった一人、時間を止めて夢を見るような調の瞳を、現実に引き戻したのは最後の瞬間だった。

その瞳は今はもう、たった一人のもの。

愛する人が、真に愛する者の許へ。

再会のシーンは美しく、まるで、——夢のように。

Fin

なかなか、心からの悪人を作品に登場させるのは忍びなく、どこかに救いを与えたいといつも思ってしまうのですが、それが高じて、今回はバートン氏を登場させてしまいました。英国シリーズはそれぞれ独立した作りになっていますので、当作品だけで楽しめますので、ご安心ください。

書き上げれば登場人物たちは私の手を離れ、それぞれの人生を歩み始めます。彼らの今後を、皆様も胸の中で、温かく見守ってあげて欲しいと願っています。

前作「英国執事」から成長した調君は、いかがでしたでしょうか?

彼は当時、響さんという格好良い男性の前では、影のように霞んでしまう人でした。

響さんに比べて美しくもないし、勉強も何もできないと、でも、だからこそ、つらい気持ちが分かるのだと彼は言っています。

私も作家としての才能もありません。頭もよくないし、美人でもありません。もし私の作品に何がしかの共感を感じ取って頂けるとすれば、それは私自身が何も持たない人だからかもしれません。

できない人がいるからこそ、できる人が引き立つ、そういう人の役に立てるのですから、そう思えば、何も出来ないことも、つらいことばかりじゃないですよね。

ちなみに、私が目標とするのは、美人じゃないけれど、いつも笑顔でいる人だね、です。綺麗になったり、内から溢れる魅力を放つということは、すぐにできるものではありません。

ですが、笑顔でいることは今からでもすぐにできることです。

そして、努力しないと、笑顔でい続けることは難しい。笑顔を向けられて、ものすごく不快に感じる人は少ないだろうし、せめて周囲の人を幸せにする第一歩として、ずっと笑顔を向けていたいなと思っています。

さて、ノベルズでは9月にアラブシリーズ新章「砂漠の心に花の愛を」(イラスト／東野裕先生)がSLASHより発売されます。

英国、アラブ両作とも、シリーズ化を記念し、全員プレゼントの小冊子を企画いただくことになりました。

私のようなもののために申し訳なく、却ってご迷惑になるのではと思ったのですが、お知らせいただいたからには、できるだけのことはさせていただきたいと思っています。

せめてわずかでも損なお気持ちにさせないように、一〇作品を収録させていただきました。

内容としましては、「再会は夢のように」の再会した日の夜の場面を「英国最愛」として、他には、「英国探偵」のジェイとジャックのラブシーン、B-PRINCE文庫「したたかに誘惑」

から東吾などを、入れさせていただきました。

もちろん、エドワードや菜生、ヒューや響も登場いたします。

もし興味を持っていただけましたら、「英国蜜愛」、「砂漠の心に花の愛を」、雑誌、小説b－Boyからのいずれか2冊でお申し込みいただけます。ぜひご応募いただけますと嬉しいです。

ちなみに小冊子のメインテーマは「プロポーズ」です。

当作品のイラストもご担当くださった明神翼先生、ありがとうございました。当作品がシリーズ化されましたのは、先生のお陰だと思っております。担当さんもいつもとても喜んでくださって、私も嬉しく思います。私の想像以上の素晴らしいキャラクター達に、読者の皆様が喜んでくださることが、本当に嬉しいです。

私を支えてくださる担当さんにも心からの感謝を。美人で前向きで、一人の女性としても、とても尊敬しています。

皆様の毎日が、笑顔でいっぱいでありますように。

あすま理彩

◆初出一覧◆

英国蜜愛	／書き下ろし
英国探偵	／書き下ろし
再会は夢のように	／書き下ろし

イラスト/不破慎理
イラスト/門地かおり
絢爛
ピンナップ&
美麗
ストーリー
カード!!
激甘な恋も
情熱的な愛も
おまかせ♥な
豪華執筆陣！
読みきり満載♥
ラブたっぷり♥
究極恋愛マガジン!!
ボーイズラブを
もっと楽しむ！
スペシャル企画も
見逃さないで！
月刊
小説
b-Boy《ビーボーイ》
毎月
14日
発売
イラスト/蓮川愛
A5サイズ
Libre

ビーボーイ小説新人大賞

「このお話、みんなに読んでもらいたい！」
そんなあなたの夢、叶えてみませんか？

小説b-Boy、ビーボーイノベルズ、ビーボーイスラッシュノベルズにふさわしい小説を大募集します！ 優秀な作品は、小説b-Boyで掲載、公式サイトb-boyモバイルで配信、またはノベルズ化の可能性あり♡ また、努力賞以上の入賞者には担当編集がついて個別指導します。あなたの情熱と新しい感性でしか書けない、楽しい小説をお待ちしてます!!

募集要項

************作品内容************

小説b-Boy、ビーボーイノベルズ、ビーボーイスラッシュノベルズにふさわしい、商業誌未発表のオリジナル作品。

************資格************

年齢性別プロアマ問いません。

************応募のきまり************

●応募には小説b-Boy掲載の応募カード（コピー可）が必要です。必要事項を記入の上、原稿の最終ページに貼って応募してください。
●〆切は、年２回です。年によって〆切日が違います。必ず小説b-Boyの「ビーボーイ小説新人大賞のお知らせ」でご確認ください。
●その他注意事項はすべて、小説b-Boyの「ビーボーイ小説新人大賞のお知らせ」をご覧ください。

************注意************

・入賞作品の出版権は、リブレ出版株式会社に帰属いたします。
・二重投稿は、堅くお断りいたします。

小冊子『プロポーズ』全員サービス♡

応募のきまり

英国シリーズ&アラブシリーズの新刊発売を記念して、
あすま先生の【BBN・SLASH・小説b-Boy・B-PRINCE文庫】に
登場した恋人たちの番外ショートを10本収録&しかもオール
書き下ろしのスペシャル小冊子を全員サービスいたします!!
どのキャラに出会えるかは届いてからのお楽しみ♪

応募要項をよく読んで、間違いのないよう応募してくれ
CUT 東野 裕

♥ATTENTION♥

応募には応募券2枚と応募用紙、為替が必要です。
※応募用紙のみコピー可です。

応募券について

応募券は以下の中から2種類選んで用意してください。同じ本の応募券だけでのお申し込みは受け付けできませんのでご注意ください。

応募券〔BBN〕

このノベルズの本体カバー後ろ側の折り返しについています。

COMING SOON

応募券〔SLASH〕

9月19日発売の**SLASH『砂漠の心に花の愛を』**(CUT/東野 裕)の本体カバー後ろ側の折り返しについています。

応募券〔小説b-Boy〕

7月号(2008年6月13日発売)、**8月号**(2008年7月14日発売)、**9月号**(2008年8月12日発売)、**10月号**(2008年9月13日発売)についています。どの号のものを使っていただいても大丈夫です。ただし小説b-Boy2冊では応募できません。

私たちも登場するので、ぜひ読んでほしい
小冊子にはショート小説を10本収録です♪
CUT 明神 翼

英国シリーズ&アラブシリーズW発売記念

あすま理彩スペシャル限定

応募のあてさき

〒162-0825
新宿神楽坂郵便局留
リブレ出版株式会社
「あすま理彩　全員サービス」係

応募の〆切

2008年10月10日(金)必着
※応募期間をすぎたものは受け付けできません。

注意

●申し込みは封筒1通につき1冊です。複数応募する場合には、応募数分の封筒・小為替・応募券&応募用紙をご用意ください。
●500円より多くの金額をお送りいただいても差額はお返しできません。
●返信用切手や封筒は送らないでください。
●発送は2008年12月ごろを予定しております。多数の応募があった場合、発送が遅れることがありますのでご了承ください。
●記入漏れや小為替の金額が500円に満たない場合、小冊子をお送りすることは出来ません。
●小為替の受領書は、小冊子が届くまで大切に保管してください。
●小冊子の発送は、日本国内に限らせていただきます。
●申込期間を過ぎたものはお受けできません。

応募のきまり

①「応募用紙A(申し込みカード)」を完成させてください。
応募券2種類を用意し、2枚とも「応募用紙A(申し込みカード)」の指定の位置にしっかりと貼り付けてください。また、「応募用紙A(申し込みカード)」にあなたの郵便番号・住所・氏名・電話番号・年齢・学年または職業・メールアドレス(お持ちの方のみ)を黒のボールペンではっきりと記入してください。

②「応募用紙B(住所カード)」を完成させてください。
「応募用紙B(住所カード)」にあなたの住所・氏名を黒のボールペンではっきりとご記入ください。このカードは全員サービスの発送に使用しますので、正しく記入されないとお送りできません。郵便番号や都道府県名も忘れずにご記入ください。

③500円分の無記名の定額小為替を用意してください。
小冊子1冊につき500円分の小為替が必要です(未使用切手・現金など小為替以外の応募は受け付けません)。小為替は郵便局で購入できます(購入時に手数料がかかります)。小為替には何も書かないでください。また、小為替は発効日(購入日)から2週間以内のものを使用してください。

④封筒・80円切手を用意してください。
応募するための封筒を用意してください。封筒の表には下記の宛先を、裏にはあなたの郵便番号・住所・氏名を必ずご記入ください。封筒に80円切手を貼り、①〜③で用意した応募用紙A、応募用紙B、500円分の小為替を入れてご応募ください。

今回ご記入いただいた個人情報に関しましては、商品送付、弊社出版物の品質向上などの目的以外では、一切使用いたしません。

全員サービスに申し込み後転居される場合は、あなたの氏名と転居先の住所・電話番号を以下の宛先にハガキでお知らせください。
転居連絡先 〒162-0825 東京都新宿区神楽坂6-67 FNビル2F 「あすま理彩 全員サービス」係

切り取り

応募用紙 A(申し込みカード)※コピー可

住所 □□□-□□□□
都道府県

フリガナ
氏名　様
電話番号
年齢　学年または職業
メールアドレス(お持ちの方のみ)
@

ここは切らないで下さい。

ここに応募券を▼貼って下さい▼

応募券1枚目

応募券2枚目

同じ種類の応募券は無効です

ここは切らないで下さい。

応募用紙 B(住所カード)※コピー可

住所 □□□-□□□□
都道府県

フリガナ
氏名　様

ビーボーイノベルズをお買い上げ
いただきありがとうございます。
この本を読んでのご意見・ご感想
をお待ちしております。

〒162-0825 東京都新宿区神楽坂6-46
ローベル神楽坂ビル7階
リブレ出版㈱内 編集部

リブレ出版ビーボーイ編集部ホームページ「b-boyWEB」と携帯サイト「b-boyモバイル」でアンケートを受け付けております。各サイトにアクセスし、TOPページの「アンケート」から該当アンケートを選択してください。(以下のパスワードが必要です。)
ご協力をお待ちしております。

b-boyWEB　http://www.b-boy.jp
b-boyモバイル http://www.bboymobile.net/
(i-mode、EZweb、Yahoo!ケータイ対応/2008年5月現在)

ノベルズパスワード
2580

BBN
B●BOY NOVELS

英国蜜愛

2008年6月20日 第1刷発行

著　者――あすま理彩
©Risai Asuma 2008

発行者――牧　歳子

発行所――株式会社リブレ出版
〒162-0825
東京都新宿区神楽坂6-46ローベル神楽坂ビル6F
営業　電話03(3235)7405　FAX03(3235)0342
編集　電話03(3235)0317

印刷・製本――株式会社光邦

Printed in Japan
ISBN 978-4-86263-405-4